LE FILS D'ADOPTION,

OU.

AMOUR

ET

COQUETTERIE.

1086

46542

LE FILS D'ADOPTION,

ou

AMOUR

ET

COQUETTERIE.

Traduction libre d'un roman allemand d'AUGUSTE LAFONTAINE, intitulé *Henriette Belman*.

Par Mme. ISABELLE DE MONTOLIEU.

Dans la foule et le bruit, une bouillante ivresse
Va d'erreurs en erreurs conduire la jeunesse.
Au milieu des travers, des écarts, du fracas,
On cherche les plaisirs, les plaisirs n'y sont pas ;
Pourquoi courir si loin, l'indulgente nature
Les a mis près de nous dans leur juste mesure ;
Mais vous ne rencontrez que leur masque trompeur
Quand vous chargez l'esprit des intérêts du cœur.

La Coquette corrigée, par M. de la Noue,
scène sixième, acte second.

TOME PREMIER.

A PARIS,

Chez DEBRAI, Libraire, place du Musée
central des arts, N°. 9.

An 12.

AVIS AU LECTEUR.

LE nouveau roman que je donne au public est intitulé dans l'original d'Auguste Lafontaine : *Henriette Belman* ; c'est en quelque sorte la suite de ceux du même auteur que j'ai déja traduits depuis quelques années.

Je n'ignore point qu'il a paru depuis peu une traduction de celui-ci, sous le titre de *Dernier Tableau de Famille*. Peut-être jugera-t-on que j'aurais dû supprimer mon travail, puisque j'avais été devancée, et que la nouveauté est presque tout dans un ouvrage de ce genre. Sans doute il y aurait de la présomption à croire qu'en faveur d'un traducteur on lira un roman que l'on connaît déja. Cependant j'avoue que je desire que ceux de mes lecteurs qui ont accueilli avec bienveillance mes précédens volumes, aient la complaisance de parcourir au moins ceux-ci. Je les prie de considérer que j'ai commencé cette traduction au moment où l'ouvrage parut en allemand, que mon manuscrit était déja sous presse lorsque j'eus connaissance de l'autre traduction, et que j'avais annoncé la mienne dans tous les papiers bien longtems avant que l'autre fût publiée. D'ailleurs, les deux ouvrages sont loin d'être semblables. Le traducteur des *derniers Tableaux de Famille*, (qui ne sont point les derniers, car il existe encore beaucoup d'autres romans de Lafontaine sous ce titre général) a fait plusieurs retranchemens ; mais dans tout ce qu'il a conservé il est resté parfaitement fidèle à son texte. Moi, suivant ma coutume, je n'ai rien retranché, mais j'ai changé tout ce qui m'a déplu. C'est aux lecteurs, s'il y en a d'assez patiens pour comparer les deux traductions, à décider la préférence. Il me suffit, pour éviter la confusion, de donner à la mienne un autre titre, en avouant que j'ai puisé à la même source.

AMOUR

ET

COQUETTERIE;

OU

L'ENFANT D'ADOPTION.

CHAPITRE PREMIER.

Monsieur Ferdinand Rosenbach avait obtenu la charge de trésorier , ou receveur des impositions de la province de * **. Comme il était fort estimé et protégé particulièrement par le président de la chambre des finances , on lui avait accordé la permission de faire bâtir à sa fantaisie la maison destinée à loger le trésorier, dans la jolie petite ville de Reinberg. Cette maison venait d'être achevée ; il se faisait une fête de la montrer à son frère le capitaine Henri

Rosenbach, officier réformé, qui devait l'habiter avec lui : il avait exigé de lui, de ne la voir que le jour qu'ils en prendraient possession : le capitaine qui ne savait rien refuser à son frère et qui d'ailleurs était d'un naturel doux et patient y consentit.

Enfin ce jour arriva : le trésorier invita pour sa petite fête de dédicace le pasteur Belman son voisin et son ami ; il les attendit sur la porte de sa nouvelle demeure, et les vit arriver avec plaisir.

On examina d'abord l'intérieur de la maison, le capitaine sans dire un mot, le ministre en critiquant ; il blâmait surtout la manière dont on avait placé les fenêtres, qui était en effet assez singulière. Mr. Ferdinand Rosenbach prétendait que la commodité de l'intérieur devait seule être consultée ; le pasteur soutenait que la régularité extérieure était l'essentiel. Après avoir disputé quelque tems on entra dans la maison.

Qu'importe dans le fond, Mr. le tré-sorier, dit Mr. Belman ? puisse le Ciel vous donner des jours longs et heu-reux dans cette nouvelle habitation ! il aurait mieux valu sans doute que les fenêtres fussent placées comme je le disais, la façade eut été plus belle, et votre maison aurait eu une meilleure apparence, mais vous l'aimez mieux ainsi, à la bonne heure. Aristote dit quelque part „ Ne voir en toutes cho-„ ses que ce qui rapporte du profit n'est „ pas d'un homme qui pense d'une ma-„ niere noble et libérale ".

Fort bien Mr. le ministre, répon-dit le trésorier, mais ce que dit là votre Aristote ne peut pas être appliqué à ma maison; beaucoup de clarté dans les appartemens, voilà le principal ; du reste, que chacun place ses fenêtres

comme il l'entend. Voyez, dit-il, en ou-
vrant une chambre, voyez comme cette
chambre est bien éclairée : de la clarté,
cher pasteur, de la clarté, voila toujours l'essentiel ; je n'aime pas l'obscurité au milieu du jour.

Qui pourrait l'aimer, dit Mr. Henri
Rosenbach ; il était très - silencieux
de son naturel ; il s'arrêta après cette
courte phrase ; une minute après il
ajouta : à moins cependant qu'on ne
vive pas en harmonie avec soi-même et
avec les autres hommes.

Le trésorier ne répondit rien, mais
il lui posa la main sur l'épaule, ce
qui était entre les deux frères un signe
d'approbation.

Il y eut un moment de silence : à
présent, mon frère, dit Ferdinand, vous
verrez ce que j'aime le mieux dans ma
maison, ce que je me réjouis comme
un enfant de vous montrer ; et il ouvrit

une chámbre destinée, leur dit-il, à être la chambre commune où la famille se rassemblerait. Il fit passer le capitaine le premier ; celui-ci s'appuya sur sa canne, regarda tout autour de la chambre, les parois, le plafond, le poële ; il leva les yeux au ciel en poussant un profond soupir, puis il tendit la main à son frère en souriant. Que le ciel te récompense, cher Ferdinand, dit-il d'une voix émue, j'aurais donné ma pension pour avoir tout ce que je vois ici, mais je n'aurais su comment m'y prendre.

L'émotion de cet homme naturellement sec et froid dans ses démonstrations, était telle que sans verser une seule larme, sans que ses yeux fussent mouillés, sa voix avait l'espèce de tremblement de quelqu'un qui pleure.

Vois mon frère, dit le trésorier avec

A 3

un regard animé , la même tapisserie à
fond verd , la petite maison chinoise ,
le chinois avec son parasol , que nous
avons si souvent copié : c'est tout comme la chambre de notre père.

Tout cela est trop neuf, dit le capitaine en reprenant son ton sec. Tout
cela vieillira assez , reprit Ferdinand ;
tiens, cher Henri , regarde là sur le
poële , ce cheval sur lequel tu plaçais
un petit hussard de papier collé avec
de la cire. Le capitaine sourit et regarda le cheval , d'abord avec complaisance , puis avec un nuage de tristesse.

Voila continua Ferdinand , le fauteuil
de notre père ! quels bons momens mon
frère , il a passé dans ce fauteuil ! Il
y a passé aussi la plus belle heure de
sa vie , celle où il la termina comme un
innocent enfant, qui s'endort. Ici sur
l'oreille du fauteuil , tu t'en rappelles ;
il appuyait sa joue pâle , il nous regarda

tous à la ronde ; il essaya de sourire, souleva sa main appesantie pour nous bénir, et il expira.

Le capitaine se leva en posant sa main sur le dossier du fauteuil comme par hazard , et ensuite sur son cœur. Cela suffit, dit-il à voix basse, cesse à présent mon frère.

Le trésorier était trop plein de ses souvenirs pour pouvoir s'arrêter , il continua donc : Notre sœur se tenait là derrière lui, à la place où te voilà , mon frère , quand il voulait s'endormir , t'en souviens-tu ? elle passait doucement la main sur ses beaux cheveux blancs.

— Laisse, mon frère, je t'en conjure, laisse ce discours ; finis ! — Ha ! mon frère ; encore ceci; te rappelles-tu, derrière ce rideau verd autour de cette table , dans l'obscurité , le soir avant qu'on apportât la lumière nous nous faisions raconter des histoires de revenans et de voleur et dans notre frayeur , nous nous serrions l'un contre l'autre.

— Et ce qu'il y a de curieux , dit le capitaine avec vivacité , c'est que nous en sommes devenus plus hardis.

— Tiens! continua son frère en l'en-traînant vers la fenêtre , lorsque tu par-tis, nous gravâmes nos deux noms sur ce carreau de vìtre avec la bague de nô-ces de notre mère , et un petit cœur au-dessus. On aurait bien pu laisser sub-sister ce monument de la tendresse de deux frères.

— Et ne l'as-t-on pas fait, dit le ca-pitaine , d'un ton irrité et cependant at-tendri, en cherchant le chiffre des yeux?

— Non , mon cher Henri , le tems , le verre est plus fragile que notre amitié. Dieu sait depuis quand cette vìtre n'existe plus ? Les fenètres sont à pré-sent à grands carreaux.

J'aimerais mieux les petits , dit le capitaine.

— Ah ! le jour, cher frère, la clarté. D'ailleurs nos cœurs n'ont pas changé, en grandissant ils sont encore les mê_ mes.... Et voilà encore le diamant de notre mère. Il sortit une bague de sa poche et s'en servit pour graver leurs noms sur la grande vître. Vois, dit_il, en les gravant, ils seront mieux qu'au_ trefois ! et le cœur aussi, il sera plus grand, plus formé.

Henri saisit la main de son frère, et la sienne tremblait ; laisse, laisse mon frère, finis. C'est dans mon cœur que tu graves ces traits.

— C'est aussi ce que je veux, dit Ferdinand, je veux consacrer notre at_ tachement fraternel ; puisque le sort nous a réunis dans notre vieillesse, il faut que rien ne nous manque des jouis_ sance de notre jeune âge ; c'est pour cela que j'ai fait arranger cette cham_ bre.... je t'attendais pour graver nos noms sur ces grands carreaux.

— Un jeu d'imagination très-intéres-
sant, dit le ministre.

Le trésorier le regarda en fronçant
le sourcil ; il avait oublié qu'il était là....
Il ouvrit ensuite la porte avec vivacité.
Je veux vous faire voir le reste de la
maison, dit-il. Le capitaine restait immobile auprès de la fenêtre ; il fit un
signe à son frère, qui emmena le ministre, et le laissa seul. Quand on eut
fini le tour de la maison, la société
rentra dans la chambre commune où
on retrouva le capitaine assis dans le
fauteuil, et appuyant sa joue sur la même place où son père avait appuyé la
sienne..... Il se leva avec précipitation,
et retourna vers la fenêtre.

Je le répéte, dit le pasteur, en s'as-
seyant dans le grand fauteuil, le ciel
donne d'heureux jours dans cette maison, à vous Mr. le trésorier, à votre

chère épouse , et à Mr. le capitaine ! c'est tout ce qui peut vous en
revenir , l'administration ne vous rem-
boursera pas un sol des dépenses que
vous aurez faites , et si dans la suite
il arrive que vous soyez remplacé ,
avouez-le moi , qu'en aurez - vous de
plus ? Cette maison sera habitée par un
étranger qui jouïra de tout ce que vous
avez fait.

— *Ferdinand.* Eh bien , c'est beaucoup, M. le pasteur; le mot d'Aristote que
vous avez cité tout-à-l'heure, serait bien
à sa place ici. Ne voir que son propre
intérêt dans ce qu'on fait est peu digne
d'un homme qui pense bien : je jouirai
avec mon successeur de toutes les heures agréables , qu'il passera dans ces
chambres bien éclairées. — Le ministre se tut, le dîner fut servi, on se mit
à table. — Ton discours *de dédicace* ,
cher frère , dit le capitaine, tu nous le

A 6

donneras pour le dessert, n'est-ce pas ?

Oui, dit la femme du trésorier, Mad. Rosenbach, il faut que tu nous le lise.... Il n'en avait pas envie, mais le ministre qui se piquait d'éloquence, et qui espérait un triomphe secret pour sa vanité, insista pour que le trésorier tînt sa promesse. Pendant le dîner M. Belman ne parla, que de l'utilité de faire des discours dans toutes les occasions un peu marquantes ; il détailla fort au long comment ils devaient être composés.

Ce n'est point mon opinion, dit le trésorier, mais puisque vous le voulez je vais vous lire quelques pages du mien. Le ministre s'arrangea sur sa chaise de manière à bien écouter. Le capitaine se leva et s'assit près de la fenêtre en tournant le dos à la compagnie. Le ministre eut beau le prier de rester à table avec eux .... Non, non, répon-

dit _ il , je me défie de cette lecture. —
Le trésorier sourit , et commença ainsi :

„ Mes respectables auditeurs , et
„ chers amis. J'avais d'abord eu le des_
„ sein , dans ce jour où je consacre
„ ma nouvelle habitation par une fête ,
„ de vous lire une dissertation scien_
„ tifique , où suivant l'usage de mes_
„ sieurs les savans , j'aurais commencé
„ par vous démontrer l'origine de l'ar_
„ chitecture , et vous en donner toute
„ l'histoire. Pour arriver à ma petite
„ maison , je voulais vous parler des
„ habitations des Troglodites , de l'ar_
„ che de Noé , de la tour de Babel ,
„ du temple de Salomon , du palais de
„ Sémiramis , et de tous les édifices
„ fameux de l'ancien et du nouveau
„ monde. J'avais déja pris note d'une
„ centaine au moins de titres de livres,
„ dans lesquels je voulais puiser mes
„ observations savantes. Si j'avais été

„ professeur d'une université, mon dis-
„ cours aurait pu devenir un gros vo-
„ lume, fort intéressant pour les ar-
„ chitectes ; j'étais décidé même a y
„ faire entrer l'architecture navale ,
„ parce que je posséde un excellent
„ ouvrage, sur la construction dès vais-
„ seaux, que je l'ai lû plus d'une fois ,
„ et qu'on aime assez à montrer ce
„ qu'on sait. Mais l'essor de ma science
„ a été arrêté par une reflexion ; en
„ suivant le système reçu générale-
„ ment des progrès , et du perfection-
„ nement de l'esprit humain dans les
„ arts et les sciences , il fallait en par-
„ lant de la caverne des Troglodites ,
„ aller toujours graduellement vers la
„ perfection de l'architecture. Or re-
„ tomber de l'église de St. Pierre , du
„ dôme de St. Paul , de la coupole
„ du Panthéon dans ma petite maison,
„ ma paru tout-à-fait contre la règle ;

„ elle aurait fait une pauvre figure à
„ côté de tous ces beaux édifices.....
„ passe encore si j'avais pu la placer
„ à côté des cavernes obscures des
„ premiers habitans du monde ; elle
„ aurait alors paru avec avantage. Mais
„ une idée que je n'ai pu écarter, est
„ venue à la suite de ces cavernes ,
„ et m'a fait renoncer absolument à
„ l'histoire des habitations des hommes.
„ C'est que leurs maisons grandes ou
„ petites, palais ou chaumières , ca-
„ vernes ou pavillons élégans , ne sont
„. en effet que des tombeaux plus ou
„ moins décorés.

„ Quand on ne peut pas montrer
„ de l'érudition, on veut au moins
„ montrer de l'esprit; dès les premiè-
„ res pages d'un ouvrage il est aisé
„ de s'appercevoir si l'auteur a puisé
„ ses idées dans une grande bibliothè-
„ que , ou s'il les a tirées de son

,, propre fonds. Puisque je renonçais
,, à montrer de la science, je voulus
,, faire de mon discours une satire
,, contre les savans; je me proposais
,, par exemple de comparer les systê-
,, mes scientifiques avec l'architecture
,, de ma petite maison; la philosophie
,, avec la tour de Babel, dont aucun
,, des ouvriers n'entendait l'autre; les
,, controverses, avec une maison qui
,, manque par les fondemens; la mé-
,, decine avec les demeures obscures
,, des Troglodites, qui bâtissaient sous
,, terre. J'avais déja rempli quelque s
,, pages de comparaisons vraiment
,, piquantes et spirituelles, lorsque
,, j'entendis une conversation dans une
,, chambre voisine de la mienne, entre
,, un potier de terre, & son ouvrier,
,, qui établissaient un poële; quelle
,, belle maison, disait le maître, *grande*
,, *spacieuse, claire.* Sans doute, ré-

„ pondit l'ouvrier, surtout si on la
„ compare à celle que son maître doit
„ occuper un jour, & qui sera *petite*
„ *étroite, obscure.* Mais tranquille,
„ ajouta le maître.

„ Ces paroles me frappérent ; je
„ jettai ma plume, je repoussai mon
„ papier loin de moi; la tête appuyée sur
„ ma main , je m'abandonnai au cours
„ des pensées , qu'un mot avait fait
„ naître dans mon ame ; enfin repre-
„ nant la plume, j'écrivis ce que je vais
„ vous lire, & le discours que je m'a-
„ dressai à moi-même.

„ Tu as raison, bon potier, homme
„ simple et vrai ; celui qui pense à sa
„ derniere demeure, et à la briéveté de
„ cette vie, doit être tenté de se moquer
„ de toutes les espérances , de tous les
„ projets, de tous les souhaits qu'il for-
„ me. Non seulement ce que l'on bâtit,
„ mais ce que l'on pense , ce que l'on

„ veut, ce que l'on espère est trop grand,
„ trop spacieux, trop orné. Mais l'hom-
„ me doit-il donc traîner son existence
„ comme une plante rampante dans le
„ sillon étroit qui se trouve devant lui,
„ et puis mourir ? Devons-nous com-
„ me les religieux de la Trappe , ne
„ faire autre chose que creuser notre
„ cercueil , ne dire autre chose que
„ *memento mori* ? Dieu laisse croître
„ des fleurs sur les tombeaux ; il les
„ décore de la verdure de l'espérance ;
„ pourquoi n'en ferions-nous pas de
„ même ? Que ma dernière demeure
„ soit *tranquille* , *obscure* , *étroite* ,
„ je veux que celle-ci soit d'autant plus
„ *gaie* , *spacieuse* , *éclairée* ; je veux
„ que ceux que j'aime y demeurent
„ avec moi , et que ceux qui n'y de-
„ meurent pas viennent souvent s'y
„ réjouir. La joie innocente et pure doit
„ habiter toutes ces jolies chambres ,

„ l'espoir du plaisir se rencontrer sur
„ le seuil de toutes les portes, un doux
„ sommeil sur tous les oreillers, et les
„ larmes du chagrin ne jamais..... ici
„ je posai la plume ; bon Dieu ! dis-je
„ en joignant les mains, comme la joie
„ et le bonheur donnent souvent à
„ l'homme une confiance insensée !
„ cette maison peut durer au moins
„ cent ans s'il ne lui arrive pas d'ac_
„ cidents ; et combien en arrivera-t-il
„ surement pendant cet espace de tems
„ à ceux qui l'habiteront ? chaque
„ chambre peut devenir pour eux une
„ chambre de torture, et chaque lit,
„ le gril de St. Laurent. Je n'ai qu'à
„ imaginer un gouteux, qui pendant
„ quarante ans exhale ses gémisse-
„ mens contre ces murs insensibles.
„ Je n'ai qu'à supposer dans ces lits
„ un père de famille mourant, et au_
„ tour de lui une femme et une demi-

,, douzaine d'enfans , qui attachent les
,, mornes regards du désespoir sur le
,, visage pâle , et toujours plus pâle de
,, l'être chéri qu'ils vont perdre. Un
,, tombeau dans le sein de la terre est
,, une maison superbe , un lieu de dé_
,, lices et de plaisir, auprès de celui
,, qui offre un tel spectacle. Dieu a
,, composé cette vie de soupirs, de joie,
,, et d'ennui. Je ne veux donc point
,, me glorifier de ma maison , elle sera
,, ce que sont toutes les demeures
,, humaines dans lesquelles on entend
,, un jour le son joyeux de la musique ,
,, les réjouissances d'une nôce ou d'un
,, baptême , et le lendemain les cris
,, et les pleurs de la mort. Tantôt de
, joyeux enfans parcouront dans leurs
,, jeux innocens ces appartemens en
,, sautant , riant , et dansant ; tantôt la
,, maladie et la mort viendront y cher_
,, cher leurs victimes. La gayeté , et

„ les plaintes habiteront tour-à-tour
„ cette maison, nous y vieillirons mon
„ frère, ma femme, et moi; heureux
„ encore si nous y vieillissons ensem-
„ ble ! notre dernière heure sonnera,
„ on nous emportera l'un après l'autre
„ par ce même escalier, que je travaille
„ à rendre si clair et si doux, et ceux
„ qui resteront les derniers, jetteront
„ leurs regards bien au-delà de
„ cette maison, bien au-delà de ce
„ monde, avec le seul desir de suivre
„ bientôt celui qui les précéde.

„ Cette maison n'est qu'une auberge
„ où je ne dois séjourner qu'une heure;
„ quand on compare la vie à une heure
„ il faut du moins croire à l'éternité;
„ l'une de ces croyances sert à domp-
„ ter notre orgueil, et l'autre à rele-
„ ver notre courage; mais quand je
„ ne devrais habiter ma maison qu'un
„ mois, comme celle qu'un comédien

„ ambulant loue en passant dans une

„ ville, encore ce mois ne doit-il pas

„ m'être indifférent. Je veux du moins

„ élever dans chaque chambre un autel

„ aux Dieux hospitaliers ; je veux du

„ moins inscrire au-dessus de toutes les

„ portes : mes amis , mes frères, soyéz

„ les biens venus dans ma hutte ; com-

„ me l'Arabe le dit de sa tente au

„ voyageur qui s'égare dans le désert.

„ Aussi long-tems que je pourrai for-

„ mer des sons pour exprimer la joye,

„ ces murs ne doivent pas entendre de

„ soupirs..... Je veux que les rides qui

„ sillonneront mon front soyent le fruit

„ de l'âge , et non pas du chagrin ou

„ du souci.... Le sort aura beau me

„ traiter durement, je dirai en sou-

„ riant , je ne l'ai pas mérité, et ce

„ n'est que pour un moment. Si je lui

„ demande d'adoucir ses coups , ce

„ sera pour mon frère, pour mes amis,

„ mes voisins, mes concitoyens, je
„ dirois même pour tous les autres
„ hommes, s'il n'y avait pas de l'or-
„ gueil à étendre aussi loin mes desirs
„ et mes prières. Les peines de ceux
„ que j'aime peuvent seules m'attein-
„ dre, et leur douleur arriver jusqu'à
„ mon cœur. ".

Le capitaine ouvrit doucement la
fenêtre en portant la main sur ses yeux,
il regarda ensuite le ciel.... puis il se
remit à sa place. Ce mouvement avait
interrompu Ferdinand, il continua.

„ Mais si le sort, sans écouter les
„ vœux que je forme, appesantit sa main
„ sur vous, mes chers amis, ou seu-
„ lement sur l'un de vous, quelle sera
„ notre consolation? Aurais-je la force
„ de supporter vos maux et vos pei-
„ nes? Oh! pourquoi, pourquoi n'ai-
„ je pas pour les momens d'affliction
„ un enfant, qui ne comprenant pas la

» douleur , joue autour de nous en sou-
» riant avec ses graces innocentes , et
» qui plus avancé relève nos esprits
» abattus , en faisant passer dans nos
» ames les espérances de son jeune
» cœur ? Pourquoi mon frère chéri
» n'en a-t-il point ?

CHAPITRE

CHAPITRE II.

EH bien ! j'ai un enfant , mon frere, dit le capitaine à demi voix en interrompant Ferdinand ; il s'arrêta aussitôt, & les regards de toute la compagnie se tournèrent vers Henri ; il rougit en voyant dans quelques-uns de ces regards une impression peu favorable : il n'avait jamais été marié.... C'est-à-dire, continua-t-il, je n'en suis pas précisément le pere, mais il m'a été adjugé par les loix, & sans doute par la volonté de Dieu. Le ministre sourit avec un peu de malignité. Le trésorier tenait la main à son frere, d'un air sérieux ; je t'entends, lui dit-il, par la volonté de Dieu.... Je sais ce que cela veut dire. Plut au ciel que cet enfant fût à moi, comme il est à toi; il en serait plus heureux, et nous aussi.....

Tome I.   B

Je te le répéte, je voudrais avoir un
enfant; un si doux intérêt repose l'ame,
fixe l'avenir ; on sait pour qui l'on
travaille, le jour on est plus actif et
la nuit plus tranquille.

Celui-là, dit le capitaine , m'a donné
des jours bien douloureux et des nuits
bien agitées... mais ce n'était pas sa
faute, et s'il peut te faire plaisir, mon
frere, il est bien à ton service, je puis
le faire venir quand tu voudras.

Ferdinand regarda sa femme , elle
sourit ; nous verrons cela, dit-il à son
frere. Madame Rozenbach fit un signe
de tête douteux. Le ministre en souriant aussi , dit avec le ton de quelqu'un qui voudrait détourner la conversation par bonté : M. le trésorier,
ne voulez-vous pas achever votre discours ? Ferdinand regarda fixement
son frere, dont la contenance annonçait la tristesse et la confusion ; ses

yeux étaient baissés, et il ne voyait
pas un léger signe par lequel Ferdinand
lui demandait s'il devait continuer ou
non : nous l'achéverons, dit-il, une autre
fois. Tout le monde se leva, on prit
congé, et la compagnie se sépara.

A peine le ministre et sa famille
furent-ils sortis, que le trésorier reprit
sa place à table, et le capitaine vint se
remettre à la sienne vis-à-vis de lui.
Madame Rosenbach les regarda, sourit encore, et les laissa seuls.

Ils se regardérent quelques momens
en silence avec un air d'embarras et
d'hésitation.

Je vais te conter toute l'histoire,
dit enfin le capitaine, et il se tut encore.

— *Ferdinand*. Il y a quelque chose
là qui te fait de la peine, l'enfant
t'appartient, il ne nous échappera pas ;
que m'importe cette histoire ? Ne me
dis rien, si cela n'est pas nécessaire.

B 2

— *Henri.* Non, je veux te la conter, je réfléchis seulement sur la
maniere ; elle a fait une profonde
impression sur moi cette histoire ; elle
en fera une singuliere sur toi, j'en
suis sûr. C'est une scélératesse abominable dont je me serais cependant
tiré, si je l'avais voulu.

— *Ferdinand.* Et pourquoi ne l'as-
tu pas voulu ?

— *Henri.* Je n'ai pu m'y résoudre,
quelque malheureux que je fusse.... ah !
oui, bien malheureux ! Sans cet enfant,
mon frere, je serais marié à présent,
je t'aurais amené une sœur ; je serais
peut-être vraiment pere.... écoute. —
Et ils s'accoudérent tous les deux sur
la table, l'un parlant l'autre écoutant.

,, Nous descendions l'Elbe pour aller
à Dresde. Le maître du bateau avait
pris beaucoup de passagers ; du nombre
était un bon bourgeois de Dresde,

avec sa femme et leur fille dont la figure était charmante ; je l'avais regardée, comme on regarde une jolie femme qu'on ne connait point, avec plaisir, mais sans beaucoup d'intérêt, et comme je regardais le beau païsage que j'avais devant moi. La conversation s'engagea avec ses parens, & d'autres passagers ; la jeune demoiselle s'anima et avec un son de voix charmant, elle parla sur différens sujets ; sur la beauté du pays, sur l'amitié, sur la campagne, sur la religion, sans pédanterie, sans affectation, mais avec une expression de naturel, de vérité et de sensibilité qui pénétrait jusqu'au fond de mon ame. Je l'examinai avec plus d'attention, et mon cœur commença à battre avec plus de vivacité ; il me semblait que je devais me jeter à ses pieds, et lui dire : aimable fille, je vous aime de toute mon ame..... Elle devait voir dans mes yeux tout ce qu'elle m'inspirait ; à chaque instant le lien qui m'attirait à elle semblait se resserrer davantage , et mon cœur était toujours plus agité ; je n'entendais , je ne voyais qu'elle , je m'apperçus à peine qu'un vent assez violent s'éle_vait ; l'idée seule du danger qu'elle pouvait courir , me fit sentir enfin qu'il y en avait un réel. L'Elbe commençait à grossir, les bateliers ne pouvaient plus gouverner le bâtiment qui ne débordait l'eau que d'un pouce. Tout le monde prit l'alarme , et même le patron du bâteau. J'avais souvent fait cette na_vigation , et je savais combien nous étions en péril ; les deux rives sont trop escarpées pour pouvoir aborder nulle part ; si la barque avait chaviré nous étions perdus. Le vent au lieu de se calmer augmentait, le danger était toujours plus éminent , et le maître avait perdu la tête. J'apperçus entre deux rochers un canot assez spacieux, que des pêcheurs avaient sans doute laissé là. Je priai le maître d'aller le chercher; sur son refus positif je me décide à l'instant, je saute dans l'Elbe; tu sais comme je nage; j'arrivai non sans peine au canot et je le ramenai; quatre personnes seulement y pouvaient être placés. Je pris d'abord la jeune fille et ses parens, je les débarquai sur le rivage, et je retournai au bateau en chercher d'autres. Ma voiture et mes chevaux y étaient aussi, pour alléger d'autant l'équipage, je fis un voyage pour la prendre, et je conduisis ma nouvelle amie et sa famille dans l'auberge d'un village voisin où nous passâmes la nuit. Rien ne lie comme un péril commun auquel on vient d'échapper; il semble qu'on renaisse en même tems à la vie, et qu'on

B 4

soit tous freres et sœurs ; chacun se
félicitait, s'embrassait ; tous se jetè-
rent à mon cou, en m'appellant leur
sauveur, leur meilleur ami ; la jeune
demoiselle s'approcha de moi, elle ne
m'appella que monsieur, mais avec une
voix si émue, et un regard si touchant
qu'il me parut que c'était le nom le
plus tendre : embrasse_le pour sa récompense, lui dit son pere : elle s'a-
vança timidement et en rougissant,
mais je me contentai de serrer sa main,
et je reculai. Je n'aurais pas touché
sa joue quand il se serait agi de ma vie.

Le lendemain matin, nous nous
rendîmes à Dresde ; la connaissance
était faite ; j'allai chez eux tous les
jours, et bientôt je fus aussi familier
dans cette maison que dans la tienne.
Je parlai de mes sentimens à la jeune
fille avec franchise, elle y répondit de
même, en acceptant l'offre de mon

cœur et de ma main; il ne manquait plus
que le consentement des parens, qui
voulaient me connaître un peu mieux
disaient-ils. J'étais parfaitement heureux, j'avais oublié tout ce qui m'était
arrivé de fâcheux dans ma vie, et à
présent . . . .

Ici le capitaine se leva, et se pro-
mena à grands pas dans la chambre ;
il se rassit ensuite, poussa un profond
soupir et continua.

Ma jeune amie était aimée d'un
homme à qui elle avait donné avant
notre rencontre quelques espérances ;
cet homme..... non, je ne lui fais pas
de tort, était un malhonnête homme...
je n'en ai pas la certitude, mais lui
seul avait intérêt de m'écarter. Dans
la maison où je demeurais, servait une
jeune fille assez jolie , mais que je
regardais à peine. Tu le sais mon
frere, il n'y a qu'une femme au mon-

de pour celui qui aime. Une seule idée m'occupait, je ne m'apperçus de rien; j'aurais pu remarquer que je rencontrais souvent mon rival dans le jardin, dans la cour, causant avec la jolie femme de chambre; je n'y fis nulle attention. Un jour.... juge de ma surprise, mon frere, je reçois une citation du magistrat pour comparaître devant les tribunaux. Cette fille s'était déclarée enceinte et m'accusait d'être le pere de son enfant. Je fus très-effrayé, et je pensai tout de suite combien la jeune personne que je voulais épouser serait blessée; cependant mon innocence me rassurait, et je me rendis avec peine, mais sans crainte à la sommation. Outre la déclaration de mon accusatrice, ses compagnons de service ayant été entendus, déclarérent l'avoir vue sortir souvent de ma chambre de très-grand matin, et c'était vrai, mais je n'y étais plus ; tu sais que mon habitude est de me lever avec le jour et d'aller me promener ; je laissais ma chambre ouverte pour la trouver faite à mon retour. Les juges sourirent d'un air moqueur lorsque je les assurai qu'elle n'entrait jamais chez moi que quand j'étais sorti. On me donna sous main le conseil d'assoupir cette affaire avec une somme d'argent, et je me laissai malheureusement persuader par le desir d'épargner l'ombre d'un chagrin et d'un doute à celle que j'aimais. Mes propositions furent mal reçues, la jeune fille ne voulut entendre à rien et se servit contre moi des offres que je lui avais faites. — Il me restait encore un moyen, et c'était le seul, celui de prêter serment que l'enfant n'était pas à moi.... Je n'aime pas les sermens mon frere, et sur-tout dans ma propre cause ; combien de gens

n'y croient pas, et le soupçon d'un
faux serment n'est-il pas mille fois
pire que celui dont je voulais me justifier ? Et puis cette malheureuse mère....
j'étais inquiet, tourmenté, indécis ;
quand je revis mon amie, elle me
reçut froidement ; son père me dit
qu'il me priait de ne pas revenir chez
lui que cette affaire ne fut terminée
et mon innocence bien prouvée. Alors
je n'écoutai plus aucun scrupule, et
je voulus prêter le serment ; un honnête homme de mes amis me dit :
pensez-y bien, mon cher capitaine,
tout est contre vous ; les juges, les
avocats, la ville entière vous croit
coupable, et vous allez jurer que vous
ne l'êtes pas ; je vous avertis que personne ne vous croira, et loin de vous
laver d'une faute, vous la doublerez
aux yeux de tout le monde.

Tiens, mon frère, j'étais si embar-

rassé, si malheureux, que je me serais
volontiers brulé la cervelle : si je ne
jurais pas, je perdais mon procès,
mon épouse, et j'étais chargé d'un
enfant qui ne m'appartenait pas ; si je
jurais, je passais dans le monde pour
un parjure, et je n'en perdais pas moins
celle que j'aimais plus que ma vie, et
qui allait me haïr et me mépriser. C'est
alors seulement que je sentis combien
je lui étais attaché. Sans elle il ne m'en
aurait pas coûté de faire ce que je
croyais bien.

— Tu pouvais prêter ce serment,
mon frère, dit Ferdinand, tu le devais,
puisque tu étais innocent ; ta conscience aurait été tranquille.

— Elle restait tranquille quand même je ne le prêtais pas et du moins je
n'alarmais pas la conscience des autres hommes. Si j'ai eu tort, Dieu me
le pardonnera, mes intentions étaient

pures....; l'idée de passer pour un parjure me fut insupportable. Je ne prêtai donc pas le serment, et je fis bien comme tu vas le voir. Ce fut à la fille à le prêter, je crus avoir gagné ma cause. Il est impossible qu'elle veuille le prêter, dis-je à l'avocat, si près de devenir mere, de paraître peut-être devant Dieu! non, je n'ai aucune crainte. L'avocat m'assura qu'elle jurerait. Elle parut au jour fixé, un ecclésiastique fit une exhortation touchante sur le serment. Cette malheureuse persista à soutenir que j'étais le père de son enfant. Le magistrat leva la main et lui dicta la formule du serment; elle allait le répéter; un frisson parcourut mes veines. Arrêtez ! m'écriai-je au premier mot qu'elle prononça, je ne veux pas qu'elle fasse ce serment, l'enfant est à moi.

— *Ferdinand*. Mais elle l'a fait ce

faux serment, elle l'a fait, te dis-je ,
ce n'est pas les mots qui font la chose ,
c'est l'intention, c'est la volonté.

— *Henri*. Hélas ! je le sais bien ,
mais si un jour sur son lit de mort,
abandonnée de tout le monde , dans la
misère et la douleur !.... Non, je n'ai
pas voulu lui ôter cette consolation de
pouvoir dire , je ne l'ai pas prononcé.
Dis ce que tu voudras , mon frère, ce
que je fis là n'est pas peut-être dans
l'exacte justice , et n'est sûrement pas
dans la vérité , mais bien dans l'hu_
manité, c'est elle qui me l'a dicté ; de_
puis lors je suis plus tranquille , et
Dieu veuille qu'elle le soit aussi. J'avais
perdu toute confiance en l'honnêteté
des hommes , il me fallait au moins
pour supporter la vie le sentiment de
ma propre vertu..... J'ai bien fait de
ne pas jurer et de ne pas la laisser jurer. L'enfant me fut adjugé , et le pro_
cès terminé.

— *Ferdinand.* Et ta jeune amie, mon frère ?

— *Henri.* J'essayai en vain de lui persuader mon innocence, et de lui faire comprendre mes motifs ; ses parens sur-tout étaient indignés ; ils persistèrent à me croire coupable, et peu après elle épousa mon rival. Tout cela est passé à présent ; j'ai eu bien de la peine à m'accoutumer à l'idée que ce dut être là ma récompense ; je croyais que Dieu qui connoissait la vérité, ferait quelque miracle en ma faveur pour la découvrir aux hommes et me rendre mon épouse ; il a fait celui de me calmer. C'est passé, mon frère, je n'y pense presque plus ; qu'elle soit heureuse ! voilà tout ce que je desire.

— *Ferdinand.* Et l'enfant ? Tu dis qu'il vit, qu'il dépend de toi.

— *Henri.* Ah ! l'enfant, j'ai été plus longtems, je l'avoue, avant de pouvoir

supporter cette injustice, mais insensiblement à mesure que je regagnais la
paix avec moi - même, j'ai pu l'avoir
aussi avec les autres hommes et je leur
ai pardonné. Tout le monde à Dresde
me croyait le père de cet enfant; je
me lassai de chercher à persuader ce
que personne ne voulait croire; la providence, pensais-je, qui me l'a envoyé
par un moyen si extraordinaire, a sans
doute ses desseins, elle ne veut pas
peut-être qu'il reste entre les mains de
sa mère, et je me résignai à m'en char-
ger. Ce ne fut pas sans peine et sans
combats, je te l'avoue; il ne m'était
pas facile de prendre intérêt à la cause
de mon malheur, quoiqu'il en fut, certes,
bien innocent.

    — *Ferdinand.* Quel est son sexe,
mon frère ?

    — *Henri.* C'est un garçon. Sa mère
ne put le nourrir, parce qu'elle tomba

dans une maladie de langueur ; cette
circonstance me parut un nouvel ordre
de la providence de prendre soin de
cette pauvre petite créature. Je pris une
nourrice à mes gages ; pendant les trois
premiers mois je ne le vis pas ; on me
l'amena à cette époque. Un beau garçon me dit la nourrice, en me le pré-
sentant ; il vous ressemble comme deux
gouttes d'eau. L'enfant qui ne me ressemble point du tout , me tendait ses petites mains en souriant. Dieu me le pardonne , mon frère , mais j'éprouvai
d'abord en le regardant un mouvement d'aversion et je fus effrayé de
ma dureté ; un mouvement de compassion lui succéda. Ah ! pourquoi
m'écriai _ je alors , pourquoi ne de-
viendrais _ je pas son père ? s'il n'est
pas mon fils , n'est_il pas au moins mon
frère, un frère abandonné, malheureux,
rejeté dès son entrée dans le monde

par les hommes et les préjugés. Je le
pris dans mes bras, je le serrai sur mon
cœur ; je sentis comme une douce chaleur qui parcourait mes veines, et qui
effaçait les traces de mon propre malheur ; le vœu que j'avais formé quelquefois d'avoir un fils était rempli ; sa
mère me l'abandonnait entièrement ; je
le confiai aux soins de la veuve d'un
ministre de campagne qui venait de
perdre son fils unique. Il y est depuis
un an et demi, mais il sera ici dès
que tu le voudras.

— *Ferdinand*. Pourquoi, mon frère
es-tu resté si longtems sans m'en
parler ?

— *Henri*. Pourquoi !.... je crois que
j'avais honte d'avouer que j'avais été si
cruellement trompé. Je suis sûr au
moins que tu l'aurais su d'abord si l'enfant avait été à moi.

— *Ferdinand avec vivacité.* Je

te donne ma parole , que je ferai venir
cet enfant, ma femme j'en suis sûr le re-
cevra avec joie ; il trouvera en nous deux
peres , et sa tendresse et son bonheur
te dédommageront de l'épouse qu'il t'a
coûté. Je suis faché seulement que notre
ministre en sache quelque chose ; il est
bon naturellement, mais inquiétant par
sa manie de vouloir que toutes les affaires de la vie prennent la forme qu'il
imagine et qu'il croit être la meilleure.
Comment s'appelle ton petit garçon ?

    — *Henri.* Du nom de sa mere ,
elle s'appellait Wilhelmine , il s'appelle
Wilhelm.

    — Sois le bien venu chez moi ,
petit Wilhelm, s'écria Ferdinand !
j'espere que tu ne nous donneras que
de la joie. Je veux être son pere, et
toi, mon frere, tu l'aimeras comme
une mere ; tu l'es par les douleurs
que t'a donné sa naissance : mon

frere, nous n'avions point d'héritiers, excepté des collatéraux étrangers, aussi âgés que nous ; j'en ai souvent gémi, adoptons cet enfant, qu'il porte notre nom, et perpétue notre bonne race.

CHAPITRE III.

Ferdinand Rosembach, receveur général des impositions de la province, avec le titre de trésorier, haut d'environ six pieds, assez maigre, très-brun ; n'était point un homme ordinaire. Il avait été fort beau dans sa jeunesse, un grand nez aquilin, des yeux noirs à fleur de tête, une bouche spirituelle formaient encore l'ensemble d'une figure assez distinguée, mais l'expression de sa phisionomie était très-singuliere ; le plus souvent elle était immobile et sombre, et ses traits paraissaient tailiés dans du marbre : il marchait un peu courbé ; son regard était doux et tranquille et ordinairement fixé en avant ou sur la terre, ce qui lui donnait un air calme et réfléchi, mais dans certains momens il relevait

la tête , des flammes paraissaient alors
sortir de ses yeux , et sa contenance
devenait si majestueuse que l'on avait
pour lui un espèce de respect involon_
taire , et que personne n'aurait osé lui
manquer. Peu de gens aimaient à con_
verser avec lui , parce que sa passion
dominante était de contredire ; il aurait
défendu le diable si quelqu'un en avait
dit du mal en sa présence ; il détestait ,
disait-il, l'exagération, et lui-même
sans s'en appercevoir , était très-exa_
géré dans la dispute. Il passait d'une
idée à l'autre par les transitions les plus
extraordinaires , et ceux qui n'étaient
pas familiers avec le genre de son
esprit, trouvaient souvent des contra_
dictions dans sa maniere de raisonner
qui le faisaient passer pour l'homme
le plus bizarre ; toujours il était l'an_
tipode de la personne avec qui il s'en_
tretenait ; il trouvait minutieux ce que

les autres trouvaient important, et
sublime ce que l'on trouvait frivole.
Si quelqu'un racontait devant lui
une action noble, ou un événement
touchant, par esprit de contradiction
il écoutait avec un phelgme impertur-
bable ; dans d'autres momens une
bagatelle le touchait jusqu'aux larmes.
Il ne paraissait prendre intérêt à rien,
et cependant sa femme lui reprochait
tous les jours qu'il était trop bon,
trop tendre, trop compâtissant. Dans
les occasions solennelles lorsqu'il était
invité à quelque cérémonie, il y trouvait presque toujours un sujet de dé-
rision ; mais lorsqu'il ne s'y attendait
pas, lorsque par hazard il voyait passer
une noce, un baptême, il était extrêmement touché et ne disoit mot.

Il n'était point ce qu'on appelle un
savant, mais il avait beaucoup lu, et
savait appliquer à propos ce qu'il avait
lu

lu, quoiqu'il affectait de mépriser la
science, et qu'il fut l'ennemi juré des
systêmes, ce qui était un sujet con-
tinuel de disputes entre le ministre
Belman et lui.

Le capitaine Rosenbach prétendait
que le caractere de son frere et le
sien se ressemblaient beaucoup, mais
il était le seul à le trouver ainsi : en
apparence ils étaient absolument l'opposé l'un de l'autre ; le capitaine était
doux, tranquille, silencieux, toujours
disposé à céder ; il craignait les émotions du cœur, et son frere s'en moquait quand il ne les éprouvait pas
lui-même. Quelque peu de rapport
qu'il y eut entre les deux freres, ils
étaient fort unis, et ils avaient l'un
pour l'autre une tendre amitié. Le
trésorier qui contredisait à chaque
instant sa femme, ses domestiques et
tout le monde, était presque toujours

Tome I.   C

du même avis que son frere. Ils s'en_
tendaient si bien, qu'il suffisait d'un
signe pour se communiquer leurs
idées : leur conversation en présence
d'autres personnes était toujours par
des signes ; un regard de côté, un
petit coup sur l'épaule, un serrement
de main, un sourire avaient leur signi-
fication particuliere. Le capitaine ne
parlait volontiers que lorsqu'il était
en tête à tête avec Ferdinand, et
Ferdinand se taisait alors comme s'il
eut voulu se laisser instruire par son
frere.

Madame Rosenbach, femme du
trésorier, était ce qu'on appelle vul_
gairement une bonne femme ; elle
aimait son mari ; il lui était fort atta_
ché, et cependant il y avait presque
toujours entr'eux deux une petite dis_
pute établie ; elle attachait un très-
grand prix à son habileté dans la

conduite de son ménage, et son mari aurait préféré qu'elle s'en occupât moins; il lui passait cependant ses prétentions sur cet objet; mais lorsqu'elle allait trop loin, il lui disait en riant; ah ! ma femme, *les superbes boutonnieres*, et elle se taisait alors d'un air humilié.

Voici quelle était l'origine de ce mot que Ferdinand avait adopté lorsqu'il voulait se moquer des prétentions exagérées sur des objets de peu d'importance. Dans la petite ville de Renberg où ils habitaient, il y avait un barbier qui venait assidument de deux jours l'un faire la barbe à Mr. le trésorier; cet homme en sa qualité de barbier, était un causeur impitoyable et un hableur de la premiere force; Ferdinand s'en amusait extrêmement; il trouvait toujours un nouveau sel à ses contes, et lorsqu'il

C 2

n'était pas de bonne humeur, il était sûr de retrouver sa gayeté sous le rasoir de son favori. Cet homme avait mis son fils en apprentissage chez un tailleur de la capitale : un jour Mr. Rosenbach lui demanda des nouvelles de ce fils.

Mon fils, Mr. le trésorier, dit le barbier en reculant quelques pas, et en étendant la main dont il tenait le rasoir, mon fils est véritablement un génie ! il n'y a qu'un an qu'il apprend le métier de tailleur, et il a fait des boutonnieres à l'habit d'un gentilhomme, mais des boutonnieres.... Vous ne pouvez pas vous en faire une idée, monsieur !.... toute la ville a admiré ces boutonnieres et on ne parle plus d'autre chose.

Le trésorier raconta le soir en riant beaucoup, ce trait d'exagération à sa femme ; bon Dieu ! ajouta-t-il ensuite d'un air sérieux , chacun n'a-t-il pas ses *boutonnieres* qu'il croit admirées de la ville et du monde entier ; de là l'origine du proverbe des *boutonnieres* dans la maison Rosenbach.

Le jeune pasteur du lieu , Mr. Bel_man , faisait grand cas du trésorier parce qu'il le croyait un savant , et qu'il était persuadé que sans la science le monde ne pourrait pas subsister un jour ; lui _ même possédait beaucoup de connaissances , et se piquait de les avoir parfaitement en ordre dans sa tête ; il tenait fortement à plusieurs systêmes qu'il s'était formés , mais il affichait la tolérance et le respect pour l'opinion de chacun ; sa tolérance échouait cependant contre Mr. Rosen_bach qu'il accusait d'être l'homme du monde le plus intolérant ; le trésorier au contraire croyait de bonne foi ne point l'être , et accusait le ministre de ne rien pardonner. Les sorties qu'il se permettait quelquefois contre les sciences et les savans, étaient encore une pomme de discorde ; le ministre était logicien et surpassait de beaucoup son adversaire dans la dispute, mais cet avantage ne lui assurait pas toujours le triomphe ; Ferdinand pour soutenir son opinion se servait de comparaisons frappantes et quelquefois très-plaisantes ; il échapait ainsi au moment où on croyait le tenir, présentait la question sous un point de vue tout opposé, ou l'écartait par quelque plaisanterie disparate. Il arrivait assez souvent qu'après les raisonnemens les plus forts, les plus concluans du ministre, les auditeurs s'en allaient persuadés qu'il avait tort, et que le trésorier avait remporté la victoire ; les rieurs étaient du moins toujours de son côté. Il y avait un seul

point sur lequel ils se croyaient d'accord, c'est que rien dans le monde ne
mérite un intérêt bien vif, ou une
affliction bien profonde ; dès que l'un
des deux mettait en avant cette maxi_
me, l'autre applaudissait, et cependant
le lecteur s'appercevra bientôt qu'ils
s'entendaient sur ce point là moins
encore que sur tout autre. Notre pas_
teur à ses *boutonnieres* autant que
personne au monde, disait Ferdinand
à sa femme, lorsqu'ils avaient bien
disputé.

Du reste le ministre sous des for_
mes un peu rudes, était un homme
d'un excellent naturel, qui vivait en
paix avec tout le monde, travaillait au
bien de tout son pouvoir, et remplis_
sait en conscience les devoirs de son
état ; il faisait de très-beaux sermons,
bien fleuris, bien débités, desquels
Ferdinand disait ; ce sont de beaux

bas de soie bien lustrés avec de beaux
coins brodés, qui ont l'air bons, et qui
sont de toile d'araignées. Il s'occupait
des écoles, il consolait les malades et
les affligés de sa paroisse, et soulageait
les pauvres autant qu'il le pouvait.
Alors Ferdinand ne louait pas, mais
il gardait le silence, et son silence
était un éloge.

Le ministre aimait tendrement sa
femme ; c'était une jeune et très-jolie
petite personne, émule de madame
Rosenbach dans l'art de conduire une
maison, mais elle avait de plus le
talent de la musique, du dessin, et
de la broderie ; elle se mettait avec
élégance, et parlait assez bien des
nouveaux romans et des pieces de
théâtre : elle avait vu Klopstok à
Hambourg, et en avait même reçu
une lettre dont elle était très-fiere et
qu'elle montrait à tous propos : du

reste elle parlait beaucoup de *sensi-bilité*, de *simplicité*, de *naturel*, mais elle avait, disait Rosembach, une legere nuance d'affectation dans les manieres. Elle était douce, bonne, et patiente dans l'intérieur de sa maison, et ses domestiques la trouvaient la meilleure femme du monde quand elle n'avait pas compagnie chez elle ; mais dès qu'il y avait quelqu'un d'étranger, elle prenait avec eux le ton despoti-que pour faire voir qu'elle avait de la dignité.

Le trésorier aimait assez cette jeune femme et lui en imposait ; elle ne fai-sait plus lire en sa présence la lettre de Klopstok, depuis qu'un jour à propos de cette lettre qu'elle montrait à tout le monde, il lui avait raconté l'histoire des boutonnieres.

D'autres personnages paraîtront en-core dans la suite de cette histoire,

C 5

nous donnerons à mesure leurs por-
traits au lecteur , ou bien il prendra
la peine de les faire lui-même.

———————

CHAPITRE IV.

Madame Rosenbach avait consenti à recevoir le petit Wilhelm , mais la réflection lui fit bientôt regretter d'avoir été si facile ; elle chercha à ramener la conversation sur le sujet de cet enfant , et elle en trouva l'occasion dans une dispute qui s'éleva un jour entre son mari et le ministre. On parlait d'esprit public , et le ministre exaltait beaucoup ce sentiment auquel il donnait le sens le plus étendu , prétendant que notre intérêt devait se porter sur les habitans du monde en général.

C'est une grande et belle idée dit Ferdinand , elle prouve du moins que nous pouvons imaginer quelles sont les vertus des êtres d'une nature plus parfaite que la nôtre ; quant à nous , êtres faibles et bornés , je demande à Dieu

C 6

qu'il nous donne seulement la faculté
d'aimer notre famille, nos voisins,
nos concitoyens, et nos frères en
Christ. Lorsqu'on me parle d'esprit public, je songe tout de suite aux Romains dont l'empire était borné d'un
côté par l'Euphrate, et de l'autre par
les côtes du Portugal ; *citoyens du
monde*, dites-vous ; l'homme n'a que
cinquante ans d'existence réelle, dont
vingt au moins sont employés à apprendre un métier qui le mette en état de
soutenir péniblement cette existence
pendant les trente dernières années; il
doit remercier Dieu, lorsqu'il lui permet de garantir de la faim sa femme
et ses enfans. J'ai connu un homme,
mon cher pasteur, qui avait constam-
ment à la bouche ce beau mot de
citoyen du monde, et qui pendant dix
années à soutenu un procès avec son
voisin, pour une fenêtre qui donnait

sur sa cour ; il voulut me prouver un jour que les Algériens avaient le droit d'exercer la piraterie , et que leurs voisins les Français , et les Espagnols avaient tort de les en empêcher..... Et votre voisin avec sa fenêtre , lui dis-je en l'interrompant ? Que le diable l'emporte, s'écria-t-il ; je le quittai et me dis à moi-même en m'en allant, Dieu nous préserve de cette philantropie qui nous empêche d'aimer nos voisins. Il s'éleva là dessus une dispute assez vive ; le ministre s'échauffa et en vint à soutenir qu'il n'y avait aucun mérite à aimer ses parens, ses frères, ses voisins, ses amis, parce que cet attachement nous était naturel, ainsi que l'intérêt qu'on prend à ses concitoyens ; mais que le vrai devoir, la vraie sensibilité était d'aimer les peuples qui vivent sous un autre hémisphère. Le trésorier qui s'échauffait aussi, soute-

nait que l'on ne devait aimer que ses
plus proches parens. Le ministre partit fort en colère, et faisant presque
le vœu de ne plus parler avec un homme dont le cœur était si rétréci.

Ferdinand se promenait avec agita-
tion, sa robe de chambre flottait au gré
du vent, il fronçait le sourcil et ne répondait rien à sa femme et à son frère qui
cherchaient à l'appaiser. Après beaucoup de *mais*, de *cependant*, de *il faut*
convenir que &c. &c.; le capitaine dit
enfin d'un ton presque aussi faché que
son frère : je ne comprends pas comment le ministre ose soutenir une pareille proposition.

Bah, répondit Ferdinand, et moi
donc.... Si nous avions disputé plus
longtems, nous en aurions soutenu de
bien plus étranges. — Le capitaine
tendit la main à son frère en silence.
— Tu as raison, continua Ferdinand,

on ne dit plus que des absurdités quand
on dispute , et cependant je ne puis me
défaire de cette habitude.

Pour moi , dit Mad. Rosenbach ,
je songeais pendant votre dispute à cet
enfant que nous voulons prendre ; ce
qu'a dit mon mari sur la prédilection
que nous devons avoir pour nos parens,
m'a frappée ; j'ai fait là dessus des
réflexions. N'avons-nous pas d'autres
enfans dans notre famille , ou dans no_
tre voisinage ? Et si nous voulons faire
une bonne œuvre.... Je le répéte, mon
mari a raison , on se doit d'abord à ses
proches. Ferdinand n'était pas accou_
tumé à voir sa femme de son avis, il
en fut flatté , et se rapprocha d'elle.

— Une bonne œuvre , dis-tu, eh
bien , explique-toi !

— *Madame Rosenbach.* Oui , si
nous voulons faire une bonne œuvre ,
il y a d'autres créatures , que cet......

— *Ferdinand.* Comment, d'autres
créatures ! que veux-tu dire ? tu n'entends pas j'espère, un chat, un chien....
quelle est ton idée ?

— *Madame Rosenbach.* Un enfant
d'honnêtes parens ; qui serait dans la
misère et que nous soulagerions en
nous chargeant de leur enfant. Voilà
ce que j'entends ; mais celui d'une.....
Elle s'arrêta pour ne pas donner à son
mari l'envie de disputer. Il regardait
fixement devant lui. — J'espère, dit-
il, ma chère amie, que tu ne veux pas
faire retomber sur cet innocent enfant
la faute de ses parens ; j'en serais faché,
quoique je sente bien que cet effet est
du plus au moins inévitable dans le
monde, mais on peut l'éviter chez
nous.... Au reste tu as raison, un pauvre enfant d'honnêtes parens, cette
idée me plait. En connais-tu quelqu'un ?

Madame Rosenbach, charmée d'avoir
si bien réussi, regarda son beaufrère,
dont elle redoutait les reproches, mais
il écoutait sans rien dire d'un air très-
tranquille, et même approbateur, qui
l'encouragea. Les Saulteman dit-elle
sont un peu nos parens, ils ont chez
eux une pauvre niéce, c'est un enfant
charmant.

— N'est-elle pas trop âgée, dit le
capitaine ?

— Une fille, dit Ferdinand, oui très-
bien ! mais si nous voulons la prendre,
il faut attendre encore quelques années.

Tu as raison, mon frère, s'écria le
capitaine en se levant vivement, et se
frottant les mains, encore quatre ou
cinq ans si j'ai bien déviné ton idée.

— Parfaitement, lui dit Ferdinand
en lui frappant l'épaule, et nous lais-
serons faire la nature, sans nous en
mêler.

— Sans doute, et je n'en suis pas en peine, elle va toujours son chemin. Si c'était la volonté de Dieu, un couple heureux nous remplacerait.

Madame Rosenbach n'y comprenait rien du tout. Quel couple? de quoi parlez-vous, dit-elle d'un air étonné?

— De notre petit garçon, dirent-ils tous deux à la fois, et de la jeune fille que nous élèverons pour lui.

Ce n'était pas le compte de Mad. Rosenbach. Les deux frères n'avaient pas même eu l'idée qu'il fut question de rejetter l'enfant d'adoption du capitaine, et lorsque Madame Rosenbach avait parlé de prendre un autre enfant, tous les deux en même tems pensèrent à une petite compagne pour le jeune Wilhelm. Elle vit donc bien qu'elle ne parviendrait pas écarter le petit garçon, mais elle dit d'un ton un peu piqué, l'éducation d'un enfant illégitime ne nous fera pas un grand honneur dans le monde ; la pomme ne tombe jamais loin du tronc. A peine eut-elle dit ce mot qu'elle s'en répentit ; elle s'attendait à un trait piquant de son mari ; il ne lui manqua pas. C'est très-vrai, dit-il avec amertume, il arrivait souvent à ta mère, lorsque les choses n'allaient pas à sa fantaisie, de se permettre des mots biens durs, même contre un innocent, mais l'instant après elle en avait du regret. Mad. Rosenbach baissa les yeux en rougissant, puis elle vint embrasser son mari avec un mouvement de honte et de tendresse. Tu avais raison cependant, lui dit-il, les enfans tiennent ordinairement des inclinations de leurs parens. Tu ne connais pas le père de Wilhelm, mon frère ?

— Je le soupçonne, répondit-il, mais il est possible aussi que je me trompe.

—Ferdinand. Je voudrais connaître ce pere, l'éducation de cet enfant serait plus aisée ; si nous savions quels sont ses parens, nous n'aurions qu'à travailler à combattre de bonne heure leurs défauts. Henri secoua la tête d'un air de doute. Ferdinand entama une longue dissertation sur le proverbe que sa femme avait cité sur la ressemblance des enfans avec leurs parens, et suivant sa coutume il exagera. Selon lui les vices et les vertus étaient toujours héréditaires.

Bon Dieu ! dit le capitaine, je ne puis pas le croire ; j'accorde bien que l'on peut tenir de ses parens la taille, les cheveux, la démarche, le son de voix, tout ce qu'on dépose dans le tombeau ; mais le cœur, la générosité, la vertu ! non, mon frere, c'est ce que je ne puis pas croire ; la vertu ne serait donc alors que le goût plus fin d'une pomme reinette qui se perpétue sur tous les pommiers de cette espèce. On pourrait donc élever des hommes vertueux comme des chevaux de Meklenbourg, et en former des haras. Non, mon frère, je sais que tu as une opinion plus relevée de la vertu.

Ferdinand prit la main du capitaine et la serra dans les siennes ; le ciel me préserve d'avoir cette opinion, dit-il avec feu ! je prie Dieu de nous aider dans l'éducation de cet enfant ; de notre côté nous ferons ce que nous pourrons pour la faire réussir. Nous ne lui montrerons que notre union, notre patience, notre amitié, notre générosité....

— Et si nous ne connaissons pas son pere terrestre, dit le capitaine, nous connaissons du moins son pere céleste, et nous savons que cet enfant est formé à son image. Madame Rosenbach vit bien par cette conversa-

-tion qu'il fallait prendre son parti d'a-
voir cet enfant : dans le fond elle dé-
rait depuis longtems d'en avoir un, et
celui-là lui appartiendrait plus que s'il
avait des parens. Elle s'y résigna donc,
et pour faire oublier les paroles du-
res qu'elle s'était permises, elle se
proposa de le recevoir avec beaucoup
de solennité. Elle savait seule quel
jour il devait arriver; elle invita pour
ce jour là le ministre et sa femme. La
compagnie était réunie quand le petit
garçon fit son entrée sous le toit hos-
pitalier du receveur. Mme. Rosenbach
sortit pour le recevoir, l'apporta dans
la chambre, et le remit au pasteur;
celui-ci le présenta au trésorier, en
lui adressant un petit discours assez
bien fait, quoique improvisé. Ferdinand
sourit d'un air un peu moqueur; mais
il ne répondit rien, et caressa l'enfant
qui était charmant. Mme. Belman qui

était près d'accoucher, le prit dans ses bras, ne pouvait se lasser de le regarder, désirait que le sien fut aussi beau, et essuyait furtivement quelques larmes qui coulaient sur ses joues.

Alors Ferdinand s'approcha, il prit l'enfant des bras de Mme. Belman, et dit d'une voix émue ; j'entends ce que veulent dire ces larmes, madame, que le ciel exauce votre priere ! Tu seras heureux, Wilhelm, les larmes de la beauté et de la sensibilité ont coulé sur toi. Et il le remit au capitaine, qui pleurait aussi ; tu m'as enlevé, dit-il en le prenant dans ses bras, tout ce qui m'était le plus cher au monde, tout ce qui devait faire le bonheur de ma vie ! mais je te pardonne, je t'aime et je te bénis, dit-il, en posant sa main sur le front de l'enfant.

Le voilà consacré, dit Ferdinand, par les larmes d'une jeune mere,

et par le pardon , et la bénédiction de
celui qui veut être son pere. Ce n'est
plus un enfant sans parens , ma femme,
dit-il en le lui remettant. Elle était
attendrie aussi, et après l'avoir caressé,
elle l'emporta dans la chambre qui lui
était destinée.

Les soucis arrivent avec les enfans ,
Mr. le trésorier , dit le ministre, vous
avez sans doute un plan formé pour
l'éducation du votre.

— *Ferdinand.* „ Je ne fais pas de
cas des plans, M. le ministre, et sur-
tout des plans d'éducation. J'aimerai
cet enfant, et je ne suis pas en peine
de la maniere dont il sera élevé ”.

— *Mr. Belman.* „ Il me parait que
vous n'approuvez pas une éducation
réguliere ”.

— *Ferdinand.* „ Mais une mauvaise
éducation peut être réguliere ; je croi-
rais même que plus elle est méthodi-
que ,

que, et plus elle est mauvaise. On cherche beaucoup trop à faire un homme d'un enfant; on travaille comme des forçats sur le jugement ou plutôt sur la mémoire, et nous croyons avoir tout fait, quand nous avons entassé bien des mots et beaucoup d'apperçus d'idées dans une pauvre petite tête; cependant l'homme ne vit pas seulement de pain, mais.....

— *Mr. Belman.* „Ce que vous dites là est en ma faveur, Mr. Rosenbach. Je vais bientôt être pere aussi, dit-il, en jettant un regard tendre sur la taille arrondie de sa petite femme, et j'espere bien éviter dans les instructions que je donnerai à mon enfant, l'abus dont vous parlez; la vérité, la vérité, voilà l'essentiel.

— *Ferdinand d'un ton moqueur.* „Et qu'est-ce que la vérité? On fait de la tête d'un enfant une vraie arche

Tome I.　　　　　　　D

de Noé ; les notions y entrent deux à
deux comme une procession, l'enfant
se trouve bientôt y avoir toute la
création..... tout ce qui est autour de
lui est noyé par le déluge des scien_
ces ; lorsqu'il est plus âgé, il lui arrive
comme à la colombe de l'arche, il sort,
il ne trouve sur toute la terre qu'une
branche de laurier, dont il se fait vite
une couronne, puis il retourne dans
son arche savante.

— *Mr. Belman.* „ Dites-vous aussi
cela de la philosophie, Mr. Rosenbach ?

— *Ferdinand.* „ C'est surtout de
la philosophie dont je parle, et je ne
crois pas lui faire tort ; est-ce que son
fléau n'est pas occupé à battre des épis
vides, depuis Anaxagore jusqu'aux
petits philosophes de ce siecle ? Est-ce
qu'elle ne s'occupe pas depuis deux
mille ans à prouver, ce qu'on ne peut
pas prouver, et ce dont personne ne
doute ?

Quelqu'un n'a-t-il pas soutenu, dit ici le silencieux Henri, que les bonnes œuvres étaient nuisibles pour le salut.

Oui, c'est ce qu'un prétendu philosophe a avancé, et je te prouverai une fois qu'il n'avait peut-être pas tort, dit Ferdinand avec amitié, et il détourna la conversation par égard pour son frere.

Lorsque le ministre et sa femme furent partis, le capitaine dit encore d'un air sérieux ; je respecte la philosophie et les philosophes, mon frere, tu ne devrais pas témoigner du mépris pour ce qui est digne de respect.

Tu as raison, bien raison, répondit Ferdinand, et c'est à cause de toi que je n'ai pas continué ; mais entendons-nous, mon frere, sur ce mot de philosophie ; je respecte autant que toi le vrai philosophe qui relève la tête avec fierté lorsque tout s'ébranle et s'é-

D 2

croule autour de lui ; dont le cœur
sensible et l'esprit humble croit à une
providence, qui fait tout pour le mieux ;
la vertu est tout pour lui ; aussi se com-
mande-t-il à lui-même et à ses passions ; c'est un vrai roi sur la terre ,
parce qu'il ne craint jamais de rendre
la vie qui lui fut prêtée , soit que la
nature la lui demande doucement , ou
la vertu avec dureté. Tel était le philosophe Socrate , qui portait en souriant la coupe de ciguë à ses lèvres ,
et l'avalait avec fermeté ; voilà le philosophe , mon cher Henri. Ce n'est
pas de ceux-là dont je parlais tout à
l'heure au ministre ; c'est de ces hommes qui ont usurpé ce titre , qui ne
veulent et ne peuvent faire aucun
sacrifice à cette vertu dont ils parlent
sans cesse ; dont le seul talent est
de faire des volumes de dissertations
sur les motifs qu'avaient eu les sages

de croire en Dieu, de pratiquer la vertu, et de suppoorter la mort avec courage. Leur triste philosophie consiste à prouver que la vie est un songe, et l'avenir une folie, et ils cherchent à jouir des plaisirs de la vie de la maniere la plus méprisable, et persécutent tous ceux qui ne les admirent pas. Ils prouvent qu'on doit aimer l'homme, et ils le haissent ; insensiblement ils sont parvenus à faire croire qu'un philosophe était un homme qui parlait d'une maniere incompréhensible, sur des choses incompréhensibles. Tels sont les hommes dont je disais qu'ils mettent leur opinion en avant comme le statuaire mettait sur son piédestal l'idole devant laquelle la multitude devait se prosterner, et qui auraient renversé le monde pour régner sur ses décombres.

Le ciel nous préserve de tels hommes, cher frere, dit le bon capitaine ; est-ce qu'il en a réellement existé de semblables ?

Et il en existe encore ! s'écria Ferdinand, mais tel ne sera pas, j'espere l'enfant sur lequel tu viens de poser ta main en le bénissant,... Dans ce moment madame Rosenbach apporta le petit dans la chambre. Le receveur le prit dans ses bras ; non sans doute, s'écria-t-il avec feu, il ne sera pas de ceux ceux-là . et il le remit au capitaine. Non, non, dit aussi ce dernier.

CHAPITRE V.

Les deux freres abandonnérent à madame Rosenbach le soin de l'édu-cation du petit Wilhelm jusqu'à l'âge de six ans, et ils firent bien. Les femmes qui ont des prétentions à la sagesse, ont toujours plus de préven-tions que les hommes contre les enfans naturels ; on a vu que madame Ro-senbach n'était pas exempte de cette faiblesse ; mais comme elle avait natu-rellement un bon cœur de mere, au défaut d'enfant à elle, elle s'attacha à celui qu'elle soignait avec une extrême tendresse ; il ne l'appelait que maman, il l'aimait par dessus tout, et elle en vint à le traiter, et à le gâter même, comme s'il eut été réellement son fils. Elle lui apprit à lire en jouant, pendant que son mari s'occupait d'une ingé-

nieuse méthode qu'il avait imaginée
pour cet objet. Ferdinand était dans
le fond plus philosophe qu'il ne le
croyait lui-même, et se conduisait tout
comme ceux qu'il blâmait ; il ne lisait
plus que des livres d'éducation, il
comparait les différens sistêmes, les
analysait, les commentait, ajoutait à
celui-ci, retranchait à celui-là, en
parlait sans cesse ; tandis que sa femme
sans en parler faisait toujours tout ce
qu'il voulait faire. Le ministre était
dans l'idée qu'il fallait faire lire à un
enfant des livres propres à développer
son jugement. Ferdinand voulait au
contraire qu'on le laissat juger de tout
par lui-même, et qu'on ne l'aidat que
par des exemples..... Ce sont les exemples, disait-il, qui donnent aux enfans
un tact sûr, un sentiment juste et
prompt. Pendant qu'ils se disputaient
là dessus, l'enfaut était entre les ge-

noux du capitaine, et recitait des fables
de Geller, et de la Fontaine, celle du
Loup et de l'Agneau le faisait fondre
en larmes; le capitaine qui lui-même
avait peine à retenir les siennes, lui
disait: pourquoi pleures-tu, Wilhelm ?
C'est aux filles à pleurer, quelle honte
pour un garçon ! Les fables étaient
permises pour les lectures de l'enfant,
quoique le systême de Ferdinand fut
de ne jamais leur dire que l'exacte
vérité : il voit bien, disait-il, que les
bêtes ne parlent pas, et la morale lui
fait sentir l'apologue. Mais quand les
deux freres n'y étaient pas, la maman
adoptive permettait d'autres lectures
que le papa aurait sûrement défendues :
elle lui faisait lire la traduction allemande du magasin des enfans de madame Beaumont, que madame Belman
lui avait prétée. La bonne, madame
Rosenbach avait le plus grand respect

D 5

pour tout ce qui était imprimé, et n'imaginait pas qu'un livre composé exprès pour les enfans, rempli de la meilleure morale, put avoir le moindre danger pour son élève, et les contes de Fées qui s'y trouvent, étaient, il faut en convenir, ce qui l'amusait le mieux ; elle les aimait avec passion, et les écoutait avec la même attention que les histoires abrégées de la bible, qui se trouvent aussi dans madame Beaumont. Pour Wilhelm, il s'amusait également de tout ce qui était un peu extraordinaire : sa maman lui disait que toute l'histoire de Moïse était exactement vraie, il crut qu'il en était de même de celle des magiciens et des enchanteurs ; sa jeune imagination se forma un monde peuplé des êtres les plus bizarres, tirés indistinctement de la bible, de la mythologie grecque et des contes de fées.

Il cachait au capitaine et au trésorier
les connaissances qu'il acquerait dans
ce genre, parce qu'il s'appercevait fort
bien que sa mère ne lui faisait lire
qu'à la dérobée ce livre intéressant ;
la bibliothéque de son mari était un
peu trop savante pour elle, elle n'a_
vait eu jusqu'alors aucune occasion de
lire, et sa littérature, outre la bible et
les prieres, se bornait au cuisinier fran_
çais, et à quelques traités des jardins.
Elle trouvait donc autant de plaisir que
Wilhelm aux aventures du prince Titi,
et du prince Fatal, et à tous les con_
tes de Mad. Bonne. Cette lecture se
faisait entre eux deux avec un zèle et
un mistère qui y donnait un nouveau
plaisir, et Ferdinand qui ne s'en doutait
pas, était émerveillé de la facilité avec
laquelle l'enfant avait appris à lire. Un
jour il échappa à Mad. Rosenbach de
dire à propos de cette facilité ; c'est

D 6

comme s'il était doué par les fées. Son
mari lui dit avec un ton sérieux ; —
Des fées, ma femme, ne t'avise pas,
je te prie, d'en parler au petit Wilhelm.
Elle n'osa pas avouer qu'il les connoissait tout aussi bien qu'elle ; mais bientôt, grace à l'esprit de contradiction de
Ferdinand, elle fut rassurée. Le lendemain le ministre insistait sur ce qu'on
devait éviter tout ce qui pouvait faire
naître des préjugés ou des idées su-
perstitieuses dans l'esprit des enfans,
et exagérant, suivant sa coutume, il
disait qu'il ne fallait pas même leur
faire connaître les noms de *revenant*,
de *sorcier*, de *magicien*, de *diables*,
à peine ceux d'*anges*.

Et pourquoi donc cela, dit Mr. de
Rosenbach? Il me semble que l'on doit
former leur imagination, comme leur
jugement, et le monde réel n'est-il pas
pour eux un monde magique ? Quand

ils croiraient un moment, aux magiciens, aux enchanteurs ; ils s'en désa-
buseront avec le tems ; et ce monde
fantastique des années de l'enfance
devient souvent pour le désert de là
vie, pour la Sibérie de la vieillesse,
un beau songe auquel on sacrifierait
volontiers la réalité.

Ce qu'il disait là était absolument
pour contredire le ministre, suivant
son usage ; sa femme fut charmée de
lui entendre énoncer cette opinion; elle
ne dit rien, mais se proposa de la citer
dans l'occasion comme une autorité :
elle emprunta alors sans scrupule de
Mad. Belman, qui avait une petite biblio-
theque de femme, le cabinet des fées,
et toutes les fois qu'elle était seule avec
Wilhelm, il lui en faisait la lecture. On
conçoit aisément que la petite tête de
l'enfant fut bientôt remplie de fées,
d'enchanteurs, de génies, de gnomes,

et de silphes. Il croyoit à la puissance
de la grande *Alquife*, reine des fées,
comme à la chose la plus prouvée et
la plus redoutable, et desirait avec passion de la rencontrer et de s'attirer
son amitié : pour rien au monde il n'aurait fait de mal à aucune bête dans l'i-
dée que c'était peut-être une fée en
pénitence dont il se ferait une bonne
amie, et il en tira du moins l'avantage
de s'accoutumer à l'humanité.

A tous les contes de fées, il mêla
aussi les évènemens extraordinaires de
l'histoire ancienne ; il ne lui vint jamais
dans l'esprit de demander si les histoires de Cadmus, d'Oedipe, de Cyrus,
de Romulus, &c. &c., étaient plus ou
moins vraie que les contes, et il faut
avouer que quand il l'aurait demandé
à sa bonne mère, il n'en aurait su ni
plus ni moins. Il en était de même de
beaucoup d'autres notions qui entraient

dans la tête de l'enfant par la porte des préjugés. Le capitaine avait fait la guerre de sept ans dans l'armée des alliés, sous les ordres du duc Ferdinand. Depuis lors il avait conçu une haine invétérée contre les Anglais et ne leur avait jamais pardonné leur conduite avec les Allemands. Le trésorier au contraire mettait les Anglais au-dessus de tous les peuples du monde à cause de leur belle constitution. Sur ce seul point les deux frères n'étaient pas d'accord, aussi évitaient-ils de le toucher dans leurs conversations, mais le capitaine s'en dédommageait avec le petit Wilhelm ; dans toutes les occasions il lui parlait de sa haine contre cette nation, et parvint à lui inspirer le même sentiment. D'un autre côté le trésorier parlait à l'enfant des *Bretons* comme du premier peuple de la terre, aussi Wilhelm en causant avec sa mère lui parlait avec horreur des Anglais et avec enthousiasme des Bretons.

Wilhelm apprit donc du capitaine tout ce qui tenait au militaire et tous les évènemens de la guerre de sept ans ; il lui apprenait de plus l'astronomie qu'il aimait avec passion , et qu'il savait assez bien ; cette étude amusait beaucoup l'enfant, le soir assis sur les genoux du bon oncle Henri , il montrait avec son petit doigt les constellations qu'il savoit fort bien distinguer et nommer , voilà Orion , disait-il , voilà les Pleyades , voilà Jupiter , et voilà Sirius , lui disait le capitaine , c'était son étoile favorite , parce qu'il croyait que c'était le point central de l'univers.

Ferdinand donna enfin à lire à l'enfant quelques livres de voyage , entr'autres ceux de Chardin pour lesquels

Il se passionna parce qu'il y retrouvait quelques-uns des rêves des Mille et une nuit. Il apprit par cœur l'histoire, les mœurs et la géographie de la Perse; il connoissait comme sa chambre les tombeaux d'Hafi et de Saadi; il savait des passages entiers de leur poésies et préférait les fables de Saadi à celles de Gellert; il formait le projet de devenir un poëte pour que ses concitoyens jettassent aussi des roses sur son tombeau, et qu'il fut arrosé du précieux vin de Schiras. Les idiles de Gesner douces comme le premier amour d'une jeune vierge, firent aussi une profonde impression sur son ame innocente; le capitaine les avait achetées dans le tems de ses amours avec la jeune Saxonne, et sur sa recommandation, mais il ne l'avait jamais lu; ce genre pastoral ne lui plaisait pas : Wilhelm en furetant dans sa chambre était tombé sur cet ouvrage, et l'avait étudié jusqu'à ce qu'il put l'entendre, il en fit la lecture à sa bonne mère adoptive qui en fut aussi enchantée que lui.

Le trésorier se donnait beaucoup de peine pour l'éducation de Wilhelm ; il mettait son ambition à effacer à force de talens et de vertus la tache de la naissance de cet enfant ; il était sans cesse occupé soit à lui donner de bons principes, soit à éviter tout ce qui pourrait les altérer ; rien ne m'échappe, disait-il, et cependant il ignorait les lectures secrettes que lui faisait faire sa femme, et ne s'appercevait point de leur effet dans la tête, et dans le cœur du petit garçon. Il lui apprenait avec affection la science, que lui-même avait étudiée toute sa vie, les mathématiques ; quand l'occasion s'en présentait il lui faisait quelques leçons de morale , tantôt en sentences sublimes qu'il prononçait avec l'expression d'une ame émue , tantôt en y joignant des satires amères contre les hommes et leurs vices ; quoiqu'il se moquat sou- vent lorsque le ministre était là , des plans et des systêmes , lui-même s'était cependant formé un plan suivi d'édu- cation ; il entrait dans ce plan d'aban- donner à-peu-près l'enfant à lui-même, pour que son jugement se format d'une manière plus sûre , plus vraie , et d'a- près sa propre expérience.

Il s'apperçut enfin que Wilhelm lisait beaucoup , mais il ne se douta pas qu'il put avoir d'autres livres que ceux qui étaient dans la maison, c'est- à-dire, les fables de la Fontaine, de Geller, et les voyages de Chardin , et n'eut aucun soupçon des contes de Fées, des idilles de Gesner, et du ma- gasin des enfans.

Wilhelm était peu communicatif, surtout avec papa Ferdinand qui n'en courageait pas la confiance. A l'exemple de toute la maison, l'enfant le respectait beaucoup, et lui parlait fort peu ; d'ailleurs il était intelligent, il calculait déja avec facilité ; il dessinait assez correctement ; il était avancé dans les mathématiques, et il écoutait avec plaisir les leçons de morale, parce qu'elles était accompagnées d'exemples tirés de l'histoire, qui l'amusait beaucoup ; mais comme Ferdinand parlait toujours lui-même sans faire jamais de questions à son élève, il ignorait tout ce qui se passait dans sa tête, et les êtres imaginaires dont elle était peuplée.

Le capitaine de son côté, l'occupait de récits continuels des évènemens de la guerre de sept ans ; il lui montrait des plans de batailles, de forti fications ; il lui faisait lire la vie du prince Eugêne : l'enfant s'en amusait aussi ; mais moins que le capitaine lui-même. Tous ses récits de siéges, de batailles, l'animaient tellement qu'il ne faisait pas plus d'attention que son frère à ce qui se passait dans la tête de Wilhelm. Mais c'était à sa bonne mère qu'il ouvrait entièrement son cœur, c'était elle seule qui le connaissait parfaitement, et l'aimait tous les jours davantage ; elle partageait tous ses innocens plaisirs, et l'écoutait avec délices lorsqu'il lui racontait ses réveries avec sa douce voix enfantine, son regard animé, et son éloquence simple et entraînante ; elle croyait d'aussi bonne foi que lui aux apparitions, aux sorciers, aux devins, aux bons et aux mauvais génies, il n'y avait que les Fées auxquelles elle ne crut pas. Elle voulut essayer une ou deux fois de faire douter l'enfant de leur existence; mais elle craignit d'affaiblir sa foi sur les *autres vérités* dont elle était persuadée, et préféra de lui laisser une erreur pour ne pas risquer d'en faire un esprit fort qui ne croirait plus a rien.

De cette maniere l'enfant se créa un monde idéal où il vivait seul, et son caractère prit une teinte d'originalité qui ne ressemblait en rien à celle des gens qui l'entouraient, seulement il tint du papa Ferdinand un penchant invincible à faire des expériences; c'est ainsi qu'à l'âge de six ans, il s'échappa, grimpa au risque d'être tout le jour sans manger, sur une montagne assez élevée, uniquement pour voir ce que devenait le soleil quand il était derrière; il n'avait parlé à personne de son projet, on le chercha tout le jour avec inquiétude; enfin le

capitaine le trouva le soir au sommet
de la montagne ; il consentit aisément
à revenir parce qu'il n'avait pu découvrir la place où le soleil s'arrêtait.

Le capitaine lui fit des reproches
assez vifs et le prévint qu'il serait
châtié par papa Ferdinand. Wilhelm
lui répondit seulement , quand je serai
grand , j'irai jusqu'au bout de la terre
pour voir sur quoi elle repose, et où
le soleil se cache pendant la nuit.
Quand Ferdinand sut le motif de l'es-
capade du petit Wilhelm , il se rappella
combien il en avait fait de semblables
dans sa jeunesse ; au lieu de le punir
de sa curiosité , il lui dit que la terre
n'avait point de bout, et qu'elle était
ronde. L'enfant sécoua la tête d'un air
de doute. Le capitaine lui assura la
même chose ; eh! bien, s'écria Wilhelm,
je veux devenir matelot, et je verrai
bien alors si la terre est ronde ou non.

Il avait pris encore du trésorier une
froideur apparente qui souvent avait
l'air d'humeur ; le plus léger reproche
pénétrait au fond de son cœur sensible ; il restait debout en silence les
yeux baissés, le front ridé, les lèvres
avancées : lorsqu'on l'accusait à tort,
que son petit orgueil, ou son sentiment était blessé au vif, il sortait sans
dire un mot, cherchait un coin retiré
dans le jardin, et versait un torrent
de larmes.

Quelquefois aussi c'était auprès de
sa bonne mère qu'il allait se livrer à
sa douleur ; il lui confiait son chagrin
d'avoir été grondé ou blamé injuste-
ment. Pauvre enfant, lui dit-elle une
fois dans une occasion semblable,
pauvre innocent Wilhelm, pourquoi
n'as-tu rien dit pour ta défense ? Il se
tut et dit seulement à demi voix,
Hossein. C'était le nom d'un vertueux
Persan

Persan pour qui il avait conçu la plus
vive admiration , et à l'exemple duquel il avait résolu de tout supporter
avec patience , et de tout pardonner.
Mad. Rosenbach seule connaissait donc
toute la sensibilité, toute la noblesse
du cœur de cet enfant. Ferdinand le
croyait seulement ferme et courageux
et s'en réjouissait. Henri pensait avec
plaisir que l'on pourrait en faire un
bon soldat. Le ministre seul ne l'aimait
pas ; cet enfant a bientôt sept ans , disait-il, et qu'a-t-il appris ? Rien qu'un
peu de mathématiques.

Tome I.   E

CHAPITRE VI.

WILHELM était depuis un an dans
la famille Rosenbach , lorsque Hen_
riette, la fille du ministre, vint au monde.
L'enfant dont nous avons vu Mad. Bel_
man enceinte naquit très-faible , et mou_
rut peu de tems après ; la joie des
parens fut donc inexprimable à la nais_
sance de cette fille , qui par sa force
et sa vivacité promettait de vivre.... Ils
demandèrent le trésorier et le capitaine
pour parains ; ce dernier lui donna
le nom d'Henriette. Le ministre en
sortant de l'église fit un long discours
dans lequel il développa au trésorier
son système d'éducation , au moyen
duquel Henriette devait devenir la plus
parfaite des femmes ; il trouva moyen
d'y glisser quelques mots désappro_
bateurs sur la manière dont on élevait le

petit Wilhelm : ces mots furent trouvés
assez déplacés par Mad. Rosenbach,
et par le capitaine ; elle en rougit de
dépit, et le capitaine en fronçant le
sourcil regardait son frère, comme
pour l'inviter à dire quelque chose à
ce sujet. Il aurait fallu moins que cela
à l'ordinaire pour exciter Ferdinand à
répondre des choses piquantes au ministre ; il s'agissait d'un systême, et
sa manière de faire était critiquée ; cependant il ne dit rien, il ne se permit
pas la moindre objection ; quand le
ministre eut fini, il lui donna pleine
raison, et tous les deux se séparèrent
les meilleurs amis du monde.

Comme ils sont déja fiers de leur
petite fille, dit Mad. Rosenbach en
rentrant chez elle : ils auront beau
faire, elle ne sera jamais à comparer
avec notre Wilhelm, il est infiniment
plus beau.

Je crois, dit Ferdinand, que notre petite filleule sera plus jolie autant qu'on
peut en juger sur un enfant d'un mois.

— Nous verrons cette belle éducation d'après les grands principes, continua Mad. Rosenbach d'un ton iro-
nique.

— *Ferdinand.* „ Je leur souhaite
beaucoup de succès, et qu'ils puissent
seulement exécuter la moitié de leur
plan.

— *Le capitaine.* „ Voilà du moins
ce que tu aurais pu leur dire.

— *Ferdinand.* „ Pourquoi donc ?
le plan que le ministre nous a exposé,
était dicté par le cœur d'un père ;
pour rien au monde je n'aurais voulu
lui dire quelque chose de dur, ou de
désobligeant. Je n'ai point d'enfant à
moi, et je puis trouver ridicule des
choses qui entrent peut-être dans les
sages dispositions de la nature : je ne

comprends point, il est vrai, comment des parens peuvent voir dès le premier instant toutes les vertus et toutes les perfections dans la faible et petite créature qui vient de paraître au monde, mais c'est ainsi; et faut-il parce qu'on ne comprend pas ce sentiment, troubler une joie aussi naturelle? Quant à ce que Belman a dit de notre Wilhelm..... il est bien permis à un père d'être un peu fier un jour de baptême; c'est à la nature à répondre de ce mouvement d'orgueil, et la mère l'a payé assez cher par tout ce qu'elle à souffert. — Ne parlons plus de cela, ma femme; élevons notre enfant adoptif aussi bien que nous pourrons, et laissons faire le ministre comme il l'entend pour le sien.

Dieu bénisse toutes les femmes, et sur-tout les pauvres mères, dit le capitaine! avec le ton et la phisionomie de la compassion , elles ont un cruel moment à passer tandis que nous.....

— Je ne vois pas ce qu'il y a de si merveilleux à mettre au monde un enfant , dit Mad. Ronsenbach avec amertume.

— *Ferdinand.* „ Rien sans doute , des millions de femmes mettent des enfans au monde..... laissons cela , ma femme..... on ne peut parler de ce qu'on ne connaît pas.

— *Mad. Rosenbach.* „ Ce qui me choque sur-tout , c'est que Mad. Belman lorsqu'on lui a ramené sa petite , a dit avec un ton orgueilleux , qu'elle ne changerait pas son sort avec celui d'une reine. Je ne vois pas de quoi elle a tant à se glorifier.

— *Ferdinand.* „ A-t-elle dit cela ?

— *Mad. Rosenbach.* „ Oui , en propres termes.

— *Ferdinand (avec émotion et le*

vant les yeux au ciel) Eh bien ! je
remercie Dieu de toute mon ame, de
ce qu'il a donné à tant de milliers d'hommes un bonheur auprès duquel ils comp-
tent une couronne pour peu de chose,
et puisqu'il nous l'a refusé, je lui demande du moins qu'il nous donne la
patience et la générosité de prendre
part aux sentimens d'orgueil et de plaisir qu'éprouve une mère en serrant
contre son sein l'enfant qu'elle a porté,
et mis au monde avec douleur ; c'est là
ce que toutes les femmes éprouvent
bien plus vivement que les hommes,
et c'est bien juste, c'est le dédomma-
gement de leurs souffrances. Dans une
nôce je reconnaîtrai toujours la mère
de l'épouse à son air triomphant, et
le père à ses regards de tendresse et
de bénédiction. Une mère regarde même avec fierté autour d'elle lorsqu'il
lui est arrivé d'avoir assez de courage

E 4

pour châtier son enfant.

Mad. Rosenbach n'était pas persuadée; cependant elle se tut, parce qu'elle
sentit que son mari avait découvert le
petit mouvement d'envie qui s'était
élevé dans son ame ; elle s'approcha
d'un fauteuil où s'était endormi le petit
Wilhelm âgé pour lors de trois ans,
elle baisa ses lèvres vermeilles. Dieu
conserve dans mon cœur , dit _ elle en
regardant son mari , le sentiment maternel que m'inspire ce charmant enfant , je le crois tout aussi vif que celui de Mad. Belman pour sa petite filleule.

Ferdinand embrassa sa femme.

Je veux , dit le capitaine , donner à
notre filleule pour ses étrennes , un
bon clavecin ; n'as _ tu pas remarqué ,
mon frère , que le ministre a fait aujourd'hui pour la première fois , l'ob-
servation que le sien ne valait rien ?

Il pensait sûrement à sa fille dans ce moment là.

Sûrement mon frère, mais si Wil-helm n'apprend pas lui-même à jouer du clavecin, puisse le ciel lui accor-der un cœur comme le tien ? Ce bel instrument d'amour, de bonté, de gé-nérosité. Prends cet enfant, ma chere amie, et allons nous coucher.

Je n'ai pas de scène pareille à racon-ter dans la maison du ministre ; les parens s'assirent auprès du berceau de leur enfant, et leur imagination s'oc-cuppa d'un avenir couleur de rose ; j'espère, dit la mere en regardant la petite Henriette, j'espère qu'elle sera jolie.

— *Le ministre.* „ Oui sûrement, ma bonne amie si elle te ressemble ; mais dans le fond qu'est-ce que la beauté auprès des perfections qu'une bonne éducation peut lui donner ? J'es-

E 5

père en faire une fille qui sera digne
d'être recherchée par les hommes
les plus dinstingués. Que je m'estime heureux d'avoir acquis quelques
talens, que j'ai regardés long_tems
comme inutiles ! la musique, le dessin,
les langues vivantes ; mon poste me
laisse assez de loisir pour me dévouer
presqu'entierement à l'éducation de
cette chere enfant ; dès que ses petites
mains en auront la force , je veux
qu'elle commence le clavecin.

— *Mad. Belman.* „ Je ne veux pas
qu'elle soit jamais sans gands. Tu con-
viendras , cher ami , que les précau-
tions qui conservent la beauté , ne doivent pas être négligées.

— *Le ministre.* „ Je veux qu'elle ap-
prenne la philosophie comme si elle était
un homme.

Mad. Belman. „ Je pense que les
belles lettres conviendront mieux à une

jeune fille, que la philosophie.

— *Le ministre.* „ J'entends la philosophie des graces, celle qui peut rendre une jeune personne plus intéres-
sante. Comme la ville n'est pas éloignée,
nous pourrons faire venir un maître de danse ; le petit Wilhelm en prendra sûrement aussi des leçons. Je t'a-
voue que j'ai de très _ grands desseins
sur notre petite Henriette ; j'imagine
qu'elle deviendra plus qu'une femme
de ministre.

C'est ainsi que la vanité de ses parens traçait déja dès le berceau le sort
brillant de leur enfant ; la mère trouvait dans ses petits traits à peine formés, tous les présages de la beauté,
et le pere voyait dans chaque mouvement, dans chaque cri, des traces d'intelligence et de vivacité d'esprit.

La petite Henriette croissait au milieu des plus tendres soins, et de l'ad-

E 6

miration continuelle de tout ce qu'il en-
tourait. Quand le capitaine lui fit présent d'un clavecin à son premier jour
de naissance, on ne pensa point à sa
bonté, à sa générosité, mais seulement
à l'idée que l'on avait chez le trésorier des talens futurs de la petite. Le
ministre la prit sur ses genoux, et l'approcha du clavier; l'enfant leva ses
petits pieds, les posa sur les touches,
et son pere observa qu'elle annonçait
déja beaucoup de mesure et d'oreille.

Les éloges continuels de cet enfant,
et l'orgueil maternel de la femme du
ministre, donnaient beaucoup d'humeur
et de dépit à Mad. Rosenbach; malgré cela elle fut obligée de convenir
au bout de quelque tems que la petite
Henriette annonçait vraiment infiniment
d'intelligence; dès l'âge de trois ans elle
avait déjà un petit babil assez raisonnable; elle savait par cœur plusieurs petites

chansons, et deux ou trois fables, qu'elle
chantait et recitait avec beaucoup de
gentillesse ; elle étoit toujours de bonne
humeur , et s'approchait en courant ,
avec les graces de son âge , de tous
ceux qui l'appelaient. Elle devint bientôt la favorite de son parain le trésorier ; elle était continuellement sur ses
genoux , et il ne venait jamais chez le
ministre sans lui apporter quelque petit présent.

Cette prévention pour la petite idole
de Mr. Belman , établit plus d'harmonie et d'intimité entre les deux voisins ; pour la première fois Ferdinand
était de l'avis du ministre lorsqu'il disait que la petite était charmante , et
pour la première fois le ministre trouva
que Ferdinand avait beaucoup de jus-
tesse dans l'esprit, puisqu'il *savait ap-*
précier Henriette..

CHAPITRE VII.

CETTE harmonie ne régnait pas tout à-fait de même entre les deux dames; Mad. Rosenbach qui avait vraiment un cœur de mère pour son cher petit Wilhelm, était piquée au vif de ce qu'il était si fort éclipsé par la petite Henriette. Il était timide, froid, silencieux, et n'abandonnait pas la jupe de sa *bonne maman*, surtout quand ils étaient chez le ministre. Souvent elle essayait de le faire causer, lorsqu'elle voyait M. Belman le regarder d'un air de pitié, elle mettait vite la conversation sur la Perse, sur l'arithmétique, sur les mathématiques; mais il n'y avait pas moyen de faire parler Wilhelm, même sur ce qu'il savait. Sa mère adoptive lui faisait de vifs reproches de sa gaucherie et de son opiniâtreté , quand ils étaient rentrés chez eux. Elle le pria, elle le conjura si instamment d'être plus causant , plus gentil, que pour lui faire plaisir , il fit un jour un essai qui lui réussit mal. Le capitaine parlait d'un très-beau tableau du jugement dernier qu'il avait vu ; ce qui m'a le plus frappé , disait-il, c'est la figure de la Vierge Marie ; elle est dans une gloire, prosternée devant le trône de Dieu ; son beau visage exprime l'amour et la compassion ; elle prie pour le salut des hommes....

Vous vous trompez , papa , s'écria Wilhelm , ce n'est pas Marie , c'est Fatime , qui sera là au jour du jugement devant le trône d'Alla, elle tient dans une main le cœur, et dans l'autre la tête de ses deux enfans , Hossein , et.... Que diantre nous dis-tu là , s'écria Ferdinand en riant ? Qui est cet Hossein ? Le fils de Fatime , répondit

Wilhelm, qui est mort volontairement,
pour que ses disciples fussent reçus
dans le ciel.

Cette doctrine, toute Persanne qu'elle
était, frappa beaucoup les deux frères,
ils se regardèrent en souriant, puis Ferdinand dit à Wilhelm, tais-toi, tu ne
sais ce que tu dis; ton Hossein était
un fou ainsi que toi.... mais où est ce
que cet enfant prend ces idées. Le
capitaine sécoua la tête d'un air fâché.
Le ministre qui ne connaissait point le
koran prit un air scandalisé et mécontent; vous devriez, dit-il, faire
plus d'attention à cet enfant, il dit des
choses trop extraordinaires. Wilhelm
se tut, et ses yeux se remplirent de
larmes; on avait traité de fou son cher
Hossein; il cacha son visage sur les
genoux de sa bonne mère, et quand il
fut un peu calmé, il lui dit tout bas
qu'il ne pouvait comprendre qu'on ne

connut pas mieux la famille d'Ali.

Mad. Rosenbach fut enfin obligée de s'accoutumer à voir tous les étrangers et même son beaufrère et son mari, admirer la petite Henriette, et ne faire nulle attention à son cher Wilhelm. Elle essaya quelque fois, malgré son respect accoutumé pour les opinions de son mari, de rabaisser le mérite d'Henriette ; elle voulut aussi donner à Wilhelm quelques-uns de ces talens précoces qu'on admire chez les enfans. Elle lui fit apprendre le dessin, il n'alla pas au-delà des figures de mathématiques ; la musique, il y réussit mieux, et fit assez de progrès sur le violon, mais il avait l'air malheureux toutes les fois qu'on le priait d'en jouer.

Je ne sais pas, disait un jour le trésorier, ce qui manque à cet enfant, je suis content de sa tête, encore plus

de son cœur ; je crois qu'il lui manque
le don de paraître, l'apropos du tems,
du lieu, pour montrer véritablement
ce qu'il est. Voyez la petite Belman,
elle se trouve toujours au clavecin au
moment où on veut l'entendre ; si
Wilhelm veut jouer de son violon, il
choisit l'instant où toutes les cloches
de la ville sont en branle ; la petite
chante son petit couplet, et récite sa
fable quand elle voit la conversation
languir, rit lorsque tout monde est en
train de rire, pleure même à propos ;
tout ce qu'elle fait est précisément ce
qu'on désirait. Pour Wilhelm le jeu
de ses pensées tient à un fil que personne ne connait ; il garde le silence
le plus obstiné pendant huit jours, et
quand on ne pense plus à lui, il tombe
comme une bombe au milieu d'une
conversation, et dit les choses les
plus singulières.

Rien n'était plus vrai, mais Mad.
Rosenbach n'était point disposée comme son mari à en rejeter la cause sur le
hasard et sur le caractère des deux enfans ; elle croyait qu'il y avait un dessein
prémédité de la part de Mad. Belman
d'écraser Wilhelm pour relever d'autant plus Henriette. Elle prit la
mère et l'enfant dans un vrai guignon
et les regardait comme les uniques
causes de l'humiliation de son petit
favori ; à chaque occasion elle cherchait à son tour d'humilier la petite ou
la maman, et de les tourner en ridicule, sans que le trésorier s'en apperçut. Elles devinrent ennemies décla-
rées. A chaque dispute qui avait lieu,
au retour de chaque soirée, Madame
Rosenbsch soufflait dans le cœur de
son mari un peu de l'animosité et de
la colere qui remplissait le sien. Mad.
Belman en faisait autant de son côté,

et au moment où Ferdinand s'y attendait le moins, il reçut le billet suivant du ministre.

Monsieur le trésorier.

„ Sans avoir perdu la moindre chose
„ de l'estime que m'inspire votre ca-
„ ractère franc et loyal, il faut que
„ nos relations cessent. Un génie
„ ennemi de l'harmonie qui régnait
„ entre nos deux familles, semble de-
„ puis quelque tems avoir soufflé sur
„ nous un poison qui pourrait à la
„ fin produire le fâcheux effet d'alté-
„ rer notre morale; nos conversations,
„ vous devez vous en appercevoir,
„ se terminent rarement sans aigreur:
„ il faut nécessairement qu'il y ait
„ entre nous quelque mobile de re-
„ poussement, quelque obstacle secret
„ à ce que nous soyons unis, qui
„ agit sur les uns et sur les autres.

„ Ce n'est pas nos cœurs certaine-
„ ment, il se pourrait que ce fut nos
„ têtes, notre manière d'envisager les
„ objets. Vous me regardez comme
„ intolérent, et je ne le suis pas ; j'ai
„ de vous la même opinion, il se peut
„ que je me trompe : cet effet mal-
„ heureux agit aussi sur les autres
„ membres de notre famille ; notre
„ relation n'atteint plus le but que
„ nous nous proposions, le plaisir de
„ la société; nous deviendrions à la
„ fin ennemis déclarés, ou dissimulés
„ les uns envers les autres. Prenons
„ franchement le parti qui convient
„ le mieux dans de telles circonstan-
„ ces, séparons-nous en paix. Ce
„ billet doit vous prouver la haute
„ opinion que j'ai de votre jugement,
„ et ma parfaite estime.

Belman.

Le trésorier lut dix fois ce billet,

et à chaque fois il se formait une ride de plus sur son front; il le mit enfin dans sa poche, et alla dans son cabinet pour y réfléchir seul. Il n'y resta pas longtems, et revint dans la chambre commune; là il lut son billet à haute voix, attendant ce que l'on en diroit.

Quelle sécheresse, quel orgueil! dit Mad. Rosenbach; ne croirait-on pas qu'ils sont de grands seigneurs. Bon Dieu! ce n'est pas nous qui avons recherché cette relation. Ferdinand se leva de sa place avec vivacité; ma femme, s'écria-t-il, je vois que tu n'as pas entendu un mot de ce billet, ou que tu n'est pas en état de le comprendre; certainement c'est nous qui avons recherché cette liaison et toi particuliérement.

— *Mad. Rosenbach.* Moi! je te jure...... ne te fâche pas cher ami, je puis vivre parfaitement sans eux.

— *Ferdinand.* „C'est ce que je crois encore moins...... je crains, je crains fort, que ce génie ennemi dont Belman parle, soit.... toi, ma chère femme. Lorsqu'ils étaient ici, ta manière était si singuliere !

— *Mad. Rosenbach.* „N'ai-je pas toujours été très-polie, très-attentive ?

— *Ferdinand.* „Oui, de la politesse, des attentions, mais point de cordialité. Ce sont de mauvais symptômes, chez toi chère amie, que ces politesses affectées, je connois ta phisionomie.

— *Mad. Rosenbach.* „Mais n'écrit-il pas positivement que ce sont vos éternelles disputes qui en sont la cause ? — Relis seulement. Aprésent sera-ce moi qui ne disait mot ?

Ferdinand relut le billet ; mon frère, dit-il ensuite, quelque vraie que soit ma femme à l'ordinaire, je ne puis pas compter sur ce qu'elle me dit dans ce moment, elle est fâchée contre le ministre et contre moi ; je m'en rapporte à ton jugement ; ai-je jamais été aigre dans la dispute ; j'ai été vif, je le sais bien ; je combattais de toutes mes forces, parce que j'avais envie de vaincre. Mais de l'aigreur, et contre le ministre ! en ai-je jamais montré, mon cher Henri.

— *Henri.* „ Tu n'en as jamais eu réellement, mon frère, ni le ministre non plus ; mais vous aviez l'air dans vos disputes, des ennemis les plus acharnés. Toi qui est si bon dans le fond, tu as en disputant quelque chose de.... permets moi de te le dire.... de....

— *Ferdinand.* „ Dis hardiment, mon frère, quelque dur que ce puisse être ; je veux me corriger.

— *Henri.* „ Eh bien ! quelque chose de sardonique, de triomphant. — Que notre

notre adversaire remporte la victoire sur nous, ce n'est pas ce qui nous fait le plus de peine, mais c'est lorsqu'il a l'air de croire qu'il étoit impossible qu'il la perdit. Voilà ce qui aigrit.

— *Ferdinand.* „ Quelque chose de sardonique, de triomphant. Répéte-moi cela encore une fois ; mais pense bien ; peux-tu le dire avec vérité ?

Le capitaine se leva, s'avança au milieu de la chambre. J'en suis fâché, mon frère, dit-il d'un air affligé, oui tu avais quelque chose de sardonique. Ferdinand se leva aussi, et lui tendit la main ; je dirais volontiers, s'écria-t-il, pardonnez - moi mes fautes cachées ; mais un défaut que l'on peut apprendre de son frère, n'est pas un défaut caché. Pardonne-moi, chère femme, lui dit-il en l'embrassant, je t'ai fait tort. Il se jeta dans un fauteuil,

Tome I, F

et resta près d'une heure en silence
à réfléchir ; ensuite il prit la plume ,
et écrivit au ministre ce qui suit :

„ Votre résolution de rompre avec
„ nous, a fait de la peine à moi et
„ tous les miens ; ce qui m'est plus
„ douloureux encore , c'est de penser
„ que je dois en attribuer la cause à
„ mon ancienne et mauvaise habitude
„ de mettre un ton sardonique dans
„ ma manière de disputer. Je vous
„ dirais volontiers, mon cher Pas-
„ teur , ne disputons plus, ou du
„ moins mettons y plus de calme ;
„ mais j'aime trop à avoir raison pour
„ pouvoir compter sur moi, et pour
„ changer ma manière. Je vous re-
„ mercie d'avoir ménagé mon carac-
„ tère , comme vous l'avez fait dans
„ votre billet d'adieu ; j'espère que
„ vous le ménagerez de même dans
„ votre cœur. Si je ne vous avais pas

„ estimé jusqu'à présent, je vous esti-
„ merais depuis ce billet; car je vois
„ que vous ne l'avez pas écrit d'une
„ main aussi ferme qu'à l'ordinaire.
„ Quoique vous puissiez penser des
„ individus de ma famille, vous excep-
„ terez sûrement mon frère; Béelzébut
„ lui-même ne pourrait pas faire en-
„ trer une goute de venin dans son
„ cœur, et bien moins encore un aussi
„ honnête homme que vous.

„ Je désirerais avoir l'occasion de
„ vous rendre quelque service impor-
„ tant pour reparer des torts qui pèsent
„ sur mon cœur, et bien douloureu-
„ sement je vous assure; en me fournis-
„ sant cette occasion vous me prou-
„ veriez que vous n'avez pas d'aigreur
„ contre moi.

Votre dévoué, *F. Rosenbach.*
Mad. Rosenbach aurait bien voulu
lire ce billet, elle craignait que son

mari n'eut écrit d'une manière trop
humble ; pour moi du moins , dit-elle
d'un ton piqué , c'est décidé , je ne
retourne plus chez eux. Ferdinand
fronça le sourcil , mais ne dit rien ,
parce qu'il avait , dans son idée , déja
fait tort à sa femme deux fois dans la
journée.

Le ministre après avoir lu la réponse à son billet , en fut si touché
qu'il voulait aller sur le champ chez
le trésorier , mais il fut retenu par sa
femme qui crut voir une amère ironie
dans cet aveu des torts de son voisin.
Elle fut confirmée dans son idée le
dimanche suivant , en allant à l'église ;
elle rencontra Mad. Rosenbach qui lui
rendit à peine son salut, et qui la regarda d'un air moqueur.

Quelque tems après les deux dames
se rencontrèrent dans une assemblée ;
toutes les deux avaient envie de se

rapprocher, mais ni l'une, ni l'autre ne voulaient faire les premières avances; chacune d'elle crut voir une expression moqueuse dans les regards de l'autre; leur aigreur s'en augmenta, et la brouillerie entre les deux maisons fut plus décidée que jamais. Quelques jours après, elles firent encore un essai de reconciliation dans une maison tierce; Mad. Rosenbach crut que le meilleur moyen de rapprochement serait de parler de la petite Henriette; elle demanda de ses nouvelles, fit même ses éloges, mais avec exagération; Mad. Belman crut y voir de l'ironie; elle répondit froidement, et toutes les deux se séparérent avec encore plus d'aigreur et de mécontentement, et Mad. Rosenbach fit des plaintes amères à son mari du mauvais succès de ses avances. {Ma chère amie, lui dit-il en riant, quand il n'y a pas d'esprit de paix entre deux femmes, une reconciliation n'est entre elles, comme entre deux rois, qu'une trêve momentanée, et une source de nouvelles guerres.... il vous manque comme à beaucoup de rois, cet esprit de paix.

— Non pas à moi, cher ami, je t'assure que tu me fais tort ; j'ai voulu me reconcilier de bonne foi ; mais elle.......

— Non, ma femme, crois moi, tu ne voulais pas te réconcilier, mais seulement renouer votre rélation ; ainsi il vaut mieux que ton essai n'ait pas réussi.

CHAPITRE VIII.

Tous les individus des deux famil-les éprouvèrent un sentiment pénible par la désunion qui règnait entr'eux ; ils cherchaient à se rapprocher, mais en vain ; le trésorier faisait de grands raisonnemens pour montrer à sa femme, et à son frère, comment cette brouil-lerie avait pris naissance sans qu'il y eut précisément de la faute de personne. Il est bien affligeant, mon frère, disait le capitaine qu'il y ait pour les hom-mes des positions où ils soyent forcés de faire ce qu'ils ne veulent pas. Tu as raison, répondait Ferdinand, mais il ne faut pas pour cela que nous en prenions plus mauvaise opinion du mi-nistre, de sa femme et de l'homme en général ; lorsqu'il se trouve enveloppé malgré lui dans les cent mille fils de

F 4

mésintelligence domestiques, de petites disputes, de petites prétentions
de la vanité, comme Guliver, par tous
les petits liens des habitans de Lilliput;
il ne faudrait quelquefois qu'un effort
vigoureux pour se débarrasser de tous
ces obstacles, et retrouver à la fois
ses forces et sa liberté; mais on voudrait se défaire doucement de tous ces
liens les uns après les autres, ce qui
n'est pas possible. Que nous faudrait-
il pour que nous redevinssions tous
bons amis? Quelque grand malheur
dans l'une ou dans l'autre de nos maisons; quelque catastrophe où le secours
d'un ami devint nécessaire, où la compassion triompha de l'amour-propre;
dans le fond cela me console.

— *Henri.* Non pas moi, mon
frère, l'homme devrait toujours être
bon indépendamment des circonstances où il se trouve; il devrait toujours

être libre d'exercer sa bonté. — Tu
l'est toi, mon frère, dit Ferdinand, et
nous aussi, quoique moins bons que
toi; nous ne sommes pas, Dieu soit
loué ce qu'on peut appeller des méchans,
peux-tu décider si c'est le pasteur, ou
nous qui sommes la cause de cette
triste mésintelligence ? Non sûrement ;
ce sont quelques miseres dont nous
avons de la peine à nous débarrasser
parce qu'elles nous entourent conti_
nuellement ; il faudrait pour cela un
moment important , ou un sentiment
assez vif pour nous donner les forces
nécessaires , ce qui n'arrive pas sou_
vent ; nous foulerions alors aux pieds
toutes les petites épines sans en sentir
la piqûre , comme le héros sur le champ
de bataille ne sent pas les blessures
qu'il reçoit. Heureusement au moins
nous savons tous les deux, le pasteur
et moi , que nous ne nous haïssons pas.

que nous sommes disposés à nous se-
courir mutuellement si l'occasion s'en
présente, et avec d'autant plus de courage et de zèle que nous sommes à présent dans un état de désunion apparente.

Le capitaine trouvait tout cela très-
juste; mais il continuait à blamer son
frère et sa belle sœur de ce qu'il ne
voulait pas faire un effort pour se défaire de tous ces petits fils tels que ceux
des *Lilipuliens.* Quant à lui, il croyait
avoir assez fait pour le bonheur commun en ne se mêlant en aucune manière de la querelle, à laquelle au reste
personne n'avait plus l'air de songer, à
l'exception cependant de Mad. de Rosenbach, qui ne laissait passer aucune
occasion de donner les torts au ministre et à sa femme; elle aurait été
intarissable sur ce chapitre, si son
mari ne lui avait pas imposé silence.

Le ministre rendait justice au caractère du trésorier, seulement il le trouvait difficile à vivre à cause de ses con-
tradictions, et de son inconséquence.
Personne au monde n'est plus obstiné,
plus insupportable, disait Mad. Belman;
alors s'élevait une dispute entre la femme et le mari, ce dernier trouvait qu'elle
allait trop loin, prenait le parti du trésorier; il [demandait à sa femme des
preuves de cette obstination, et de définir d'abord ce que c'était que l'obstination; elle ne pouvait s'en tirer,
et se fachait à son tour. Je ne suis pas
surprise, lui disait-elle, si le trésorier
ne pouvait supporter ta manière et ta
maudite érudition toujours déplacée.
Alors le ministre abandonnait la défense du trésorier pour se justifier lui-
même.

On était tout aussi mécontent de la
brouillerie chez le ministre que chez

les Rosenbach ; au lieu de ces rassem-
blemens journaliers qui animaient leur
vie, chacun restait chez soi à les regretter, et à ne rien faire pour rame-
mener cette union. Wilhelm et Henriette
ne se voyaient jamais, ils étaient éle-
vés d'une manière bien différente. D'a-
près le plan que s'était formé Mr. Belman, il était sans cesse occupé à de-
velopper l'esprit, la raison, et les talens de sa fille. Wilhelm promenait à
son gré son imagination dans l'espace
idéal d'un monde poëtique, ou le hasard
et ses lectures secrètes l'avaient in-
troduit.

Ferdinand se proposait bien tous les
matins de donner à Wilhelm des leçons régulières, il les commençait ; mais
bientôt le peu d'habitude qu'il avait lui-
même d'un instruction suivie, ne lui
permettait pas de continuer ; l'enfant passait ainsi souvent des journées entières

sans occupation, à l'exception cependant des mathématiques dont il prenait
assez régulièrement des leçons ; d'ail_
leurs il pouvait aller où il voulait, et faire
tout ce qui lui venait dans l'esprit. Ce
fut ainsi qu'à l'âge de douze ans il fit
connaissance avec les deux petits fils
du chantre de la paroisse, et se lia
intimément avec l'aîné, ce qui ne fit
pas une note favorable pour lui dans
l'esprit du ministre.

Le chantre Buchling qui avait chez
lui sa fille, veuve et mère de deux fils,
était un homme de soixante ans, dont
les yeux noirs brillaient encore de tout
le feu de la jeunesse ; il passait dans
la ville pour être orgueilleux : en effet
son air sérieux, fier, assuré pouvait jus_
tifier cette réputation. Il avait été sol_
dat, et avait fait des voyages sur mer ; on
racontait beaucoup de trait singuliers
des quarante premières années de sa

vie , qui devaient avoir été assez ora-
geuses ; cependant on ne savait rien
de bien positif ; lui - même en parlait
peu , seulement il racontait quelquefois ce qu'il avait vu dans ses
voyages.

Dès les commencemens de ses fonctions , le ministre Belman s'y était mal
pris avec le vieux chantre Buchling ,
qui était en même tems maître d'école ;
son prédécesseur était haut et vain ; il
traitait le chantre comme son inférieur ;
et malgré cela ils avaient très-bien vécu ensemble ; on ne comprenait pas
comment Mr. Belman , humain , poli ,
qui traitait le vieux Buchling comme
son égal , n'avait pu s'en faire aimer.
Ferdinand seul trouvait la chose toute
simple ; le vieux Buchling , disait-il ,
restait à la porte du précédent ministre , marchait derrière lui en allant à
l'église , mais du reste il faisait ce qu'il

voulait dans son école. Belman le fait
entrer, lui offre une chaise, lui serre
la main, le fait marcher à côté de lui;
mais il fait de nouveaux règlemens pour
l'école, il veut introduire de nouvelles
méthodes d'instruction; tout cela dé-
plait au magister. Le précédent pasteur appellait le chantre son subalterne
mais lui laissait les droits de son égal;
Belman l'appelle son égal, et le traite
comme son subordonné.

La chose était réellement ainsi; le
vieux maître d'école avec une grande
rectitude d'esprit, avait une ame de
feu, qui lui avait fait faire bien des fo-
lies dans sa jeunesse. Cependant sa vie
avait été exempte de fautes graves
contre l'honneur ou la vertu; elle of-
frait même plusieurs traits de noblesse
et de grandeur d'ame; souvent il avait
été entraîné par la fougue de ses passions
jusqu'au bord de l'abîme du vice; mais

jamais il n'y était tombé. Il avait toujours eu un fond de religion et il était
convaincu qu'elle lui avait aidé à surmonter les tentations auxquelles il avait
été exposé; c'est pour cela qu'il tenait
si fortement aux dogmes qu'on lui avait
enseignés dans sa jeunesse, et en conséquence il s'attachait à enseigner à ses
élèves avec le plus grand soin cette
doctrine qui lui avait été si utile. Il ne
cherchait pas cependant à les initier
dans le mystère des dogmes, qu'il
leur présentait seulement comme un
article incontestable, mais dans ses
instructions il s'attachait particulièrement à une morale simple et noble; il
s'appuyait d'après l'ancienne méthode,
de l'autorité de la bible, et de la volonté immédiate de Dieu, et dans les
vingt ans qu'il avait été à la tête de son
école, il avait formé un grand nombre
d'excellens élèves.

Belman commença par lui donner des éloges ; puis il lui prêta quelques livres dont il voulut l'engager à faire usage dans ses leçons. Buchling les lui rendit et ne changea rien à sa méthode. Belman causa avec lui sur quelques points de religion, il lui présenta diverses objections ; Buchling se tut parce qu'il ne comprenait pas bien le sens de ces objections : Belman qui savait fort bien que le silence du chantre ne provenait pas de crainte ou de respect le regarda comme une approbation, et d'autant mieux qu'il savait fort bien apprécier la pénétration, et le grand sens de cet homme ; il se mit donc à enseigner lui-même dans l'école, il fit avec les élèves des recherches savantes sur l'antiquité et l'authenticité des livres sacrés. Buchling se contenta d'abord de secouer la tête en silence, mais avec l'expression du mécontent-

tement , et de la peine, puis voyant
que le ministre continuait, il parla avec
force et vivacité.

Tout cela peut être vrai , dit-il en
particulier à M. Belman , quoique je ne
le comprenne pas , mais dans une
école comme la mienne, toutes les recherches de cette nature sont je crois
déplacées. Si le doute offre un plaisir
sans danger aux savans , il est un
tourment pour l'homme ignorant et
simple ; en donnant aux enfans les
premieres notions qui doivent être le
fondement de leur morale , il est peut-
être égal de leur dire, c'est d'après
telle ou telle autorité que je vous
exhorte à aimer votre prochain comme
vous-même ; il suffirait de leur montrer
la beauté de cette maxime, peut-être
même me croiraient-ils quand je ne
leur donnerais d'autre autorité que ma
parole, par la confiance qu'ils ont en

moi ; mais je leur ai déja dit c'est dans ce livre divin que je trouve cette doc_trine. Si j'élevais à présent des doutes dans leur esprit sur l'authenticité et la sainteté de ce livre, ce doute se por_terait aussi sur la vérité de la doctrine et l'utilité de la morale qu'elle ren_ferme.

. Très_bien, mon cher Buchling, dit le ministre, on voit que vous avez réfléchi sur vos fonctions, et c'est précisément pour cela que je demande de vous ce que je n'exigerais pas de tout autre maître d'école, c'est que vous engagiez vos élèves à penser par eux_mêmes..... Ici le magister rougit et se tut ; il se piquait précisément de faire penser ses élèves..... Les enfans, continua le ministre, doivent pouvoir se rendre raison à eux_mêmes de leur morale et de leur vertu.

— Et connaissez_vous, monsieur le

pasteur, une autre raison de la vertu
et de la morale que celle-ci ; Dieu
qui nous a créé veut que nous soyons
à son image autant qu'il dépend de
nous, et que nous obéissions à ses com-
mandemens ; c'est là ce que savent
mes écoliers, et c'est là-dessus que je
ne permets pas le moindre doute. Quant
à moi, Mr. le Pasteur, je crois aveu-
glement, et entiérement à la bible, et
je leur dis, voilà la règle de vos actions,
et ce que Dieu vous ordonne est dans
ce saint livre.

Le ministre n'osa pas contredire
l'honnête vieillard quoiqu'il en eut bien
envie, mais il continua à parler de la
nécessité d'exercer la raison des enfans, et du danger que pouvait avoir
pour le peuple une foi aveugle. Le
magister lui demanda avec vivacité :
dites-moi je vous prie, Mr. le Pasteur,
quelles sont les notions dangereuses

dont je me sers dans mes fonctions, et je vous promets de me taire; mais je ne puis me résoudre à leur dire; „ voilà ce qui est mauvais dans ce livre saint. " Je sais fort bien que tout ce qui n'est que science ne leur sert à rien du tout, et je ne leur en parlerais pas quand même j'en saurais assez pour cela.

Le ministre rougit à son tour, le trait portait directement sur lui; il sortit très-irrité contre le vieux Buch_ ling, et fit partager sa colere à sa femme. Il revint de plusieurs côtés au chantre qu'il était très-mal noté chez les Belman; il se permit aussi quel- ques sarcasmes sur l'hétérodoxie de son supérieur, et ils furent relevés; dans les petites villes plus qu'ailleurs il se trouve des oisifs bavards, ou des mauvais esprits; dont le plus grand plaisir est de fomenter des brouilleries.

Le ministre ne parla plus au maître
d'école ; mais il ne pouvait prendre son
parti de lui céder et voulut engager
Mr. Ferdinand Rosenbach, lorsqu'ils
étaient bien ensemble, à entrer dans
son projet de réforme pour les écoles,
et à parler à ce vieux opiniâtre ; il
espérait d'autant mieux de réussir
par ce moyen là, que Buchling témoignait en toute occasion beaucoup de
considération pour le trésorier, et que
Ferdinand était encore plus hétérodoxe
que le ministre : mais à la grande surprise de ce dernier, Ferdinand refusa
net de se mêler de cette affaire, et
d'attaquer les principes religieux du
magister. C'était une des inconséquen-
ces dont Mr. Belman se plaignait ; le
capitaine même en fut surpris, et en
demanda la cause à son frere.

Tu te trompes lui dit Ferdinand, si
tu me crois inconséquent, je ne le suis

point dans cette occasion-ci : du moins
la théologie du ministre n'est pure-
ment que de la science, et permet par
conséquent la dispute ; c'est un jeu
d'esprit ; mais celle du maître d'école
est dans son cœur, elle naît du sentiment, elle est la règle de sa conduite,
et le ciel me préserve de l'attaquer
dans un seul point, et de blesser la
conscience de personne, et sur-tout celle
de cet honnête homme. Ferdinand était
cependant inconséquent ; car il faisait comme on le voit grand cas du
vieux Buchling, et pourtant il n'en-
voyait pas le petit Wilhelm à son école ;
il n'en savait pas lui-même la raison,
ou plutôt il ne voulait pas avouer qu'il
trouvait comme le ministre l'instruction
trop orthodoxe. Enfin un jour Mad.
Rosenbach et le capitaine qui commen-
çaient à s'inquieter de l'ignorance de
l'enfant, lui dirent sérieusement qu'il était

tems de l'envoyer à l'école. Je pensais, dit Ferdinand avec embarras, à lui donner moi-même des leçons de ce qu'il doit savoir sur cet objet, et je vais commencer tout de suite; allez chercher Wilhelm.

On le trouva sur un arbre qu'il dénichait des oiseaux; on l'amena chez papa Ferdinand; il passa avec lui dans son cabinet; ils y restèrent quatre heures enfermés ensemble et quand ils en sortirent tous les deux avaient les yeux très-animés. Cet enfant, dit Ferdinand à son frère, m'a dit des choses les plus extraordinaires; d'honneur, je ne savais que lui répondre. Papa Ferdinand m'a dit des choses si drôles, si singulières, dit l'enfant à sa maman, je n'y ai rien compris du tout.... Et l'instruction en resta là, il n'en fut plus question.

Ferdinand s'était déja proposé plusieurs fois de donner à son cher Wilhelm

helm des leçons régulieres sur di-
vers objets ; il n'était pas trop paresseux
pour l'entreprendre , mais il n'en trouvait jamais le moment ; il perdait un
tems immense à vouloir mettre dans
ses leçons un ordre, qui n'était pas dans
son caractere ; il avait sur son bureau
une quantité de projets d'instruction
très-bien écrits , dont il n'exécutait pas
un seul par l'embarras du choix ; d'ailleurs il parlait difficilement sur un sujet
quelconque quand il n'était pas animé
par la chaleur de la dispute ou par quelque circonstance : ses discours occasio-
nels avec l'enfant étaient très-instructifs,
mais les leçons qu'il lui donnait *ad hoc*
à des heures fixes étaient séches, froides et dénuées d'intérêt ; de plus son
opinion sur plusieurs sujets n'était pas
bien arrêtée ; souvent dans la conversation il soutenait avec chaleur un avis
dont il n'était pas lui-même bien per-

Tome I. G

suadé, & le lendemain dans une autre
occasion il soutenait le contraire avec
la même chaleur; ensorte que lorsqu'il
s'agissait d'enseigner à froid sur le même
sujet, il hésitait, s'embarrassait, et ne
savait plus quel parti il devait embrasser.

Un jour par exemple, il aurait soutenu que la morale des anciens, fondée
sur les privations, les sacrifices, la pau-
vreté et la tempérance la plus austere,
était une morale étroite et monacale,
et que Platon avait voulu faire un couvent de toute la Grece; il assurait alors
que le commerce, le luxe, étaient les
véritables moyens de perfectibilité pour
une nation. Les stoïciens et les philosophes lui paraissaient également les
ennemis de l'humanité; et les phéni-
ciens, chez les anciens, comme les anglais, chez les modernes, en étaient
selon lui les bienfaiteurs.

Le lendemain il soutenait avec le même feu l'opinion contraire ; le platonicien ou le stoïcien devenait alors pour lui le roi de la création, et les flottes marchandes des Anglais, chargées d'épiceries, de mousseline, de sucre et de café, étaient une peste et une désolation pour l'Europe entière ; leur résultat était des armées nombreuses, des guerres, des dettes, des maladies de toute espece &c. Si son frere lui faisait observer que son opinion d'aujourd'hui était en contradiction avec celle de hier ; alors il calculait les avantages et les inconvéniens qui se rencontraient de part et d'autre : voilà, disait-il, le pour et le contre qui me paraissent également forts ; il faut cependant avoir une opinion prononcée, et je ne puis me décider ; j'en suis fâché, mon frere, car l'incertitude est un tourment.

Cette indécision sur plusieurs objets

G 2

de science était aussi ce qui empêchait le trésorier de se livrer à l'instruction de Wilhelm. Quand il sera plus âgé, pensait-il, je lui ferai voir le bon et le mauvais coté des choses, et il pourra choisir lui-même.

C'est ainsi que l'enfant n'acquerait que par occasion et par hazard quelques connaissances positives, et qu'il avait du tems de reste pour se livrer aux reveries de son imagination, ou pour voir son ami le petit fils du magister, dont il avait fait la connaissance dans le monument de la comtesse Elisabeth.

CHAPITRE IX.

CE monument était à deux portées de fusil de la ville, dans une chapelle antique, située au milieu d'un bosquet de hêtres et de chênes. D'après une ancienne tradition, on devait sonner toutes les années à un certain jour les cloches de cette chapelle, et le magister recevait pour cet objet une petite finance.

L'obscurité du lieu, le monument lui-même, qui rappelait à Wilhelm le tombeau de Saadi, l'y avaient souvent attiré ; il ne manqua pas sur-tout de s'y rendre au jour où l'on sonnait les cloches ; cette espece de solemnité avait un grand attrait pour lui. Le vieux Buchling prit avec lui ses petits fils, à peu-près de l'âge de Wilhelm ; le magister s'apperçut que cet enfant désirait

G 3

de voir l'intérieur de la chapelle, et lui
demanda s'il voulait y entrer avec lui.
Pendant qu'on sonnait, Wilhelm examina le tombeau de marbre, lut une
ancienne inscription qu'il ne comprit
pas, et observa sur-tout la statue de
la comtesse ; c'était une belle femme
à genoux, chargée de chaines pesantes qui ne la liaient pas, mais qu'elle
portait ; son regard était tourné vers
le ciel ; son attitude, sa physionomie
exprimaient la douleur et la résignation.
Avant de savoir l'histoire de cette
femme infortunée, le jeune garçon
éprouvait déjà pour elle un sentiment de
vive compassion. Quand les cloches
furent arrêtées, Wilhelm témoigna au
magister avec timidité le désir de connaître l'histoire de cette comtesse.
Buchling consentit à lui dire ce qu'il en
savait par tradition. On s'assit sur les
marches du monument, et le vieux

chantre commença son récit, d'abord
d'un ton calme et tranquille, mais il
s'anima à mesure qu'il parlait, et son
regard expressif, le ton de sa voix
émue, captivérent entierement l'attention de ses jeunes auditeurs.

„ La tradition et une ancienne chro-
nique nous apprenent que la comtesse
Elisabeth de Greifenstein, ou Grafens-
tein, vendit tous ses biens pour aller
elle-même en Orient délivrer son époux
prisonnier chez les Sarrasins. Elle arriva à Jérusalem avec un fidele servi-
teur qui portait son trésor. Après s'être
reposée un seul jour, elle en partit pour
continuer son voyage. Cette jeune
femme, belle et délicate, traversa les
déserts brûlans de la Syrie, exposée
pendant le jour aux rayons d'un soleil
ardent, et pendant la nuit aux inconvéniens d'une rosée froide et mal saine,

G 4

ne pouvant se livrer un seul instant au
sommeil par l'effroi que lui donnaient
les rugissemens des farouches habitans
du désert.

Elle arriva enfin à un château au
bord de l'Euphrate où son époux était
dans les chaînes. Dès que le maître du
château eut vu la belle allemande, il
désira avec ardeur de la placer dans son
sérail, mais fidele à celui qu'elle aimait,
elle résista à toutes les tentations, les
persécutions, les menaces, les tour-
mens même, que le sarrasin employa
pour la vaincre. Enfin le cruel Musulman, désespérant de triompher de sa
vertu et de sa fermeté, mais irrité de
sa résistance, lui promit la liberté de
son époux sous trois conditions difficiles à remplir, et dangereuses pour sa
vie. Il fallait d'abord qu'elle obtint la
liberté du frere du Sarrasin, prisonnier
au delà de l'Euphrate chez une nation

payenne et barbare. Lorsqu'elle l'aurait ramené elle devait pour seconde
condition, descendre seule dans une
frêle nacelle, une cataracte effrayante
par sa hauteur et sa rapidité ; et enfin
si contre toute apparence elle revenait
de ces deux expéditions, la troisieme
condition, qui lui parut douce et facile,
parce qu'elle en ignorait le danger, était
d'aller elle-même délivrer le comte de
sa prison.

La tendre et fidelle Elisabeth ne balance pas, elle traverse le fleuve, va
chez les barbares qui retenaient prisonnier le frere du sarrasin, les touche
par ses prieres et par sa beauté, obtient
sa liberté, et le ramene à son frere.
Ce cruel homme pour récompensé lui
rappelle sa seconde condition, et lui
montre la nacelle. Elle leve au ciel ses
beaux yeux, et ses mains jointes, l'invoque avec ardeur, et pleine de con-

fiance, elle monte dans la nacelle. Mille
sarrasins sur les bords du fleuve admirent le courage intrépide de cette noble
dame, et déplorent le sort qui l'attend.
La nacelle voguait lentement en s'approchant de l'abîme ; Elisabeth prend son
mouchoir, l'attache sur ses yeux, se
met à genoux, et comme une victime
dévouée, attend le moment de sa destruction. La faible nacelle avance rapidement vers le gouffre ; déjà la vague
furieuse va l'entraîner et la briser contre les rochers ; mais sans doute des
anges protecteurs de la vertu, invisi-
bles aux yeux des mortels, la soute-
naient sur leurs aîles ; elle glisse légé-
rement sur l'onde écumante, se balance
sur l'abîme, sans que la comtesse aît
quitté sa touchante attitude. Elle se
leve, détache son bandeau, et aborde
a rive, aux cris joyeux d'une multitude étonnée, qui l'accompagne au

château où son époux est dans les chaînes ; elle demande qu'il lui soit rendu.
Va, délivre-le toi même ; lui dit le sarrasin en lui remettant les clefs de la
prison, et des chaînes du comte. Il la
conduit à la barriere de fer qui entou-
rait la tour où il était gardé. Elle s'a-
vance avec joye ; deux lions furieux,
gardiens de la prison, se présentent à
l'entrée, et lui montrent en rugissant
leurs dents meurtrieres. Vas donc,
fidele épouse, délivre-le toi même, lui
crie encore le cruel sarrasin. Elle ouvre avec intrépidité la porte de fer qui
la sépare des monstres furieux ; ils se
précipitent au devant d'elle ; sans les
fuir, sans jetter un seul cri, elle tombe à genoux, invoque le ciel, tend des
bras supplians aux lions qui loin de lui
faire aucun mal, s'approchent d'elle
pour la flatter et la caresser. Elle s'a-
vance alors vers la tour, ouvre la porte,

voit son époux dans les fers, les détache, soutient ses pas chancellans, l'accoutume par degrés à la clarté du jour
dont il était privé depuis cinq ans, et ce
moment lui fit oublier toutes les peines
par lesquelles elle l'avait acheté. Ils sor-
tent ensemble de la tour ; les lions héris-
sent encore leur criniere, et veulent se
jetter sur le comte pour le dévorer ;
Elisabeth le couvre de son corps, flatte
l'animal féroce, mais généreux qui
semble la respecter, parvient avec ses
faibles mains à les écarter, et conduit
ainsi son époux au travers des rangs
nombreux des sarrasins, qui témoi-
gnent par de grands cris leur admiration. Le maître du château n'ose pas
les retenir captifs, mais il exige qu'ils
partent à l'instant même, bien sûr qu'a-
près tant de fatigues, ils ne supporte-
ront pas une route aussi pénible, sans
aucun secours.

Mais Elisabeth a retrouvé son époux, rien ne lui paraît difficile ; elle releve son courage abattu, traverse avec lui le désert, arrache des racines de plantes pour sa nourriture ; lorsqu'elle trouve un faible ruisseau, elle y trempe son voile, le plie au lieu d'en garantir son visage, et conserve ainsi quelques goutes d'eau pour rafraichir les levres de son époux dans la chaleur brûlante du jour. Ils arrivent à Jérusalem, s'embarquent, reviennent en Allemagne et rentrent ensemble dans leur château, qu'elle put racheter avec ce qui lui restait de son trésor.

Quelle fut la récompense d'Elisabeth? L'infidélité de son époux. Quelle fut la récompense de ses peines, de ses souffrances ? De nouvelles peines, de nouvelles souffrances, mille fois plus cruelles encore.

Wilhelm tremblait à ces paroles ; il

jeta un regard de tendre compassion
sur la statue de la comtesse , et semblait pressentir la fin tragique de cette
femme vertueuse.

Le climat brûlant de l'Asie , et les
sables du désert avaient altéré le teint
délicat d'Elisabeth ; les inquietudes, les
peines , la fatigue , avaient flétri cette
tendre fleur avant les années , et les
larmes avaient terni l'éclat de ses yeux.
Elle était belle encore , mais belle comme la douleur vertueuse , et non plus
comme l'amour heureux. A son retour
elle trouva ses parens morts , sa sœur
cadette fut remise à ses soins , et vint
demeurer avec elle. Le comte voyait
tous les jours Erdelinde , c'était le nom
de cette jeune fille , il la voyait bril-
lante de jeunesse et de beauté à côté
de son épouse , pâle , maigre et languis-
sante ; les graces d'Erdelinde , son regard serein , animé , sa gayeté enfan-

tine, enchanterent d'abord le comte et
bientôt allumerent dans son cœur une
passion aussi vive que coupable. D'abord
il détourna ses yeux de cet objet dangereux ; il quittait la chambre avec inquietude, la même inquietude l'y ramc-
nait. Alors il s'approchait de la comtesse, il la serrait contre son cœur op-
pressé ; mais Erdelinde était à côté
d'elle, souvent même elle joignait ses
caresses à celles du comte ; alors il
s'arrachait de leurs bras, s'éloignait
encore. Il combattait contre sa passion,
mais tous les jours la lutte devenait
plus inégale, ses forces s'épuisaient,
et son amour devenait plus violent.

Quand Elisabeth leur racontait comment elle avait vécu chez les payens,
comment elle avait descendu la cataracte dans la faible nacelle ; le comte ne
voyait que les larmes qui coulaient des
yeux de la belle Erdelinde, que les sou-

pirs qui faisaient soulever son sein d'al-
bâtre. Oh! ma bien aimée sœur, disait
la jeune fille en sanglottant. Oh! ma
bien aimée sœur répétait le comte à
voix basse en la regardant avec passion ..... Il se détestait lui-même des
idées coupables qui l'occupaient, pendant ces récits touchans de la rare fidélité et du dévouement sans bornes de
sa vertueuse épouse ; il versait des larmes de répentir, mais ce répentir était
sans fruit, et ne faisait qu'amollir son
cœur. Il aurait dû fuir, mes enfans,
la fuite est souvent le seul moyen d'é-
chapper au crime.

Ici Wilhelm aurait bien voulu faire
quelques questions, mais il n'osa pas,
ne dit rien, et redoubla d'attention.

Erdelinde vit la peine secrette qui
dévorait le comte, et son cœur fut touché de compassion ; elle s'apperçut qu'il
cherchait avec soin à dérober son cha-

grin à son épouse. Elle le pria avec instance de lui confier ses peines, espé-
rant de les adoucir par les consolations
de l'amitié.

Le comte baissa les yeux et se tut;
elle prit sa main, la serra dans les siennes et le pressa encore de lui accorder
sa confiance. Il s'arracha d'elle avec
effort et s'enfuit dans la solitude.

La bonne Erdelinde n'abandonna pas
l'espérance de consoler l'époux de sa
sœur; chaque jour ses sollicitations
devenaient plus pressantes; elle suivait
ses pas avec assiduité, lui prodiguant
ses innocentes et dangereuses caresses; elle lui arracha enfin son fatal secret; je t'aime, Erdelinde, lui dit-il
d'un ton effrayant, à présent laisse-
moi mourir.

Ils se séparèrent après ces fatales
paroles, lui dans un violent désespoir,
elle dans un effroi inexprimable. Elle

voulait maudire cet époux ingrat, in-
fidèle. Hélas ! les malédictions expi-
rèrent sur ses lèvres tremblantes, ce
fut avec effort qu'elle les empêcha de
prononcer aussi *je t'aime*, et elle sentit avec une mortelle douleur que son
faible cœur partageait la passion cri-
minelle qu'elle inspirait.

Au bout de quelques jours les infor-
tunés se revirent ; leur front était cou-
vert du sombre nuage qui obscurcit
toujours celui du malheureux coupable
dont la conscience parle encore.

De ce moment le silence et la douleur règnerent dans ce château qui jusqu'alors avait été le séjour de l'amour
et de la paix. La comtesse vit des larmes dans les yeux de son époux et
de sa sœur, leurs regards baissés semblaient craindre de rencontrer les siens ;
elle crut qu'ils étaient en peine de sa
santé et affligés de la voir aussi sé-

rieuse. Elle s'efforça de paraître plus gaye ; elle pria avec instance sa jeune sœur de distraire le comte, de ne pas le laisser seul à ses tristes pensées. Lorsqu'il lui était impossible de surmonter sa langueur, son abbattement suite de ses fatigues, elle conduisait son époux dans la chambre d'Erdelinde, leur donnait à chacun un baiser, et se retirait dans son appartement.

Jusqu'alors Erdelinde avait eu assez de force pour cacher au comte, non pas sa peine, mais son amour ; lui-même ne parlait pas, mais il était rêveur, pâle comme une ombre errante ; chaque jour sa passion devenait plus dévorante, sa douleur plus aiguë, et chaque instant Erdelinde perdait de ses forces.

Enfin le comte succomba à cet état violent d'amour, et de contrainte ; il tomba malade, et fut obligé de garder le lit consumé d'une fièvre ardente.

Elisabeth effrayée pria sa sœur avec instance de l'aider à soigner son époux; elle n'avait plus ces forces, cette énergie, qu'elle avait usés pour le tirer de sa captivité. La malheureuse Erdelinde fut forcée de veiller près du comte lorsque la faiblesse de sa sœur l'obligeait de prendre quelque repos. Une nuit elle était assise auprès de son lit; dans un espèce de délire il tourna sur elle ses yeux à demi éteints, et posant sur le bras de sa sœur sa main brûlante, il lui dit avec égarement: Je vais mourir, Erdelinde, donne-moi le saint baiser d'adieu; presse une seule fois tes lèvres sur les miennes, et je mourrai content.

Pauvre Erdelinde ! elle combattit encore, mais faiblement ; elle leva les yeux sur ce beaufrère qu'elle adorait, qui allait mourir pour elle; ce regard

terne mais si expressif, fixé sur elle,
les larmes qu'elle vit couler sur ses
joues décolorées.... Pauvre Erdelinde !
refusera-t-elle sa dernière prière ; elle
se penche sur lui, approche sa bouche
de ses lèvres pâles et froides, et dit à
voix basse avec l'expression d'un cœur
brisé. Laisse-moi mourir aussi, car je
t'aime comme tu m'aimes.

Le comte souleva son bras, le passa
autour du cou de la jeune fille, la
pressa avec ardeur contre lui ; mais il
avait employé pour ce mouvement tout
ce qui lui restait de force ; ce bras
défaillant retombe et les ombres de la
mort se répandent sur ce visage mâle
et noble; il murmura faiblement : Adieu
chère Erdelinde je meurs content.

Ah ! reviens à la vie, s'écria-t-elle
avec l'accent du désespoir, je veux
t'aimer ! La vertu d'Elisabeth t'a délivré de l'esclavage ; je veux que mon

crime te délivre de la mort. Oui, je t'aime! je t'aime!... Elle le serre contre son cœur palpitant, et sent avec transport que celui du comte recommence à battre. Je l'ai sauvé! s'écria-t-elle, mais à quel prix! Ah! que du moins ma sœur l'ignore à jamais!

Hélas! la tendre Elisabeth le savait déja; ramenée par son inquiétude auprès de son époux, elle avait tout entendu d'un cabinet voisin; à peine eut-elle la force de se traîner jusqu'à sa chambre. Là, elle prit les chaînes dont elle avait délivré le comte, qu'elle conservait avec soin; elle les baigna de ses larmes, l'indignation contre les deux perfides qu'elle avait tant aimés s'élevait dans son ame, mais l'amour reprit bientôt le dessus, et elle se tut.

Le lendemain on lui dit que son époux était mieux, et au bout de quelques jours, elle le vit parfaitement ré-

tabli..... Etait-ce l'amour heureux qui
lui rendait la santé ? elle le crut d'a-
bord ; mais bientôt la douleur qu'elle vit
dans les yeux d'Erdelinde et du comte,
la tendresse plus vive qu'ils lui témoi-
gnaient tous les deux, l'assiduité de
sa jeune sœur auprès d'elle, sa tristesse, sa rougeur modeste, lui apprirent qu'ils étaient encore vertueux.
Elle ne se trompait pas, l'aveu d'Erdelinde avait rendu la vie au comte,
mais en se jurant de s'aimer toujours,
ils firent aussi le serment de ne plus
se le dire, et de fuir les occasions
de se voir seuls.

Elisabeth célébra par une fête le
retour de la santé de son époux ; elle fit
exécuter dans un ballet toute l'histoire
de son voyage en Syrie. Vers le soir elle
conduisit le comte dans une chambre
écartée, prit les chaînes qu'il avait portées, les passa en souriant autour d'elle

et de lui ; cher ami , lui dit-elle en l'embrassant , ces chaînes sont-elles assez fortes pour te lier éternellement à moi , ou les trouves-tu trop pesantes ?

Le comte accablé sous le poids du remords tombe à ses genoux , sort son poignard avec un mouvement rapide et animé , et dit en pressant les chaînes contre son cœur ; j'ignore si jamais aucune mortelle a porté la fidélité conjugale et l'amour pour son époux aussi loin que toi ; mais Elisabeth , ce dont je suis sûr , c'est que je puis mourir pour toi , comme tu as voulu mourir pour moi. Il se releva , embrassa son épouse , lui jura une fidélité éternelle , mais en termes énigmatiques qui voulaient dire qu'il allait bientôt cesser de vivre. Il lui dit ensuite qu'il voulait partir pour aller au secours d'un de ses amis qui allait entrer en campagne.

Elisabeth le comprit, elle vit qu'il ne

ne pouvait pas vaincre sa passion, qu'il n'y voulait pas céder, et qu'il était résolu de mourir. Elle prit son parti.

Elle le conjura de rester encore quel-ques jours; je suis très-faible, lui dit-elle, plus faible que tu ne crois; si je vis encore, ce n'est que parce que j'avais tant de peine à te quitter! par-ce que je suis si heureuse avec toi. Mais j'ai beau faire, mes heures sont comp-tées, et je sens que je n'ai plus long-tems à vivre. J'ai une prière à te faire, cher époux, lorsque je ne serai plus, ne renvoye pas ma sœur, je t'en con-jure; garde-la près de toi, sois son ami comme tu as été le mien; et si le ciel veut exaucer mes vœux les plus ardens, il te donnera plus que le cœur d'un ami pour mon Erdelinde; elle de-viendra plus que ton amie et ta sœur, elle sera pour toi une autre Elisabeth; quand vous serez unis, tu ne croiras

pas m'avoir perdue. Elle pressa son visage contre la poitrine de son mari,
pour lui cacher sa pâleur et ses larmes.

Elle le pria ensuite de la conduire
dans un couvent où elle avait passé les
années de sa jeunesse ; elle voulait,
disait-elle, y rester quelques jours auprès de l'abbesse, qui était son amie
intime. Le comte accompagna Elisabeth
au couvent, mais il ne voulut pas revenir au château pour n'être pas seul
avec Erdelinde. Au bout de huit jours,
comme il voulait aller reprendre son
épouse, l'abbesse lui annonça sa mort,
en lui envoyant une dernière lettre
d'elle ; elle lui rappellait de la manière
la plus forte et la plus touchante, la
priere qu'elle lui avait faite de ne pas
abandonner sa sœur, elle le conjurait
même d'obtenir une dispense et de l'é-
pouser pour avoir le droit de la pro-
téger.

La comtesse n'était point morte, mais se sacrifiait encore au bonheur de son époux ; l'abbesse fit bâtir cette chapelle et ce tombeau ; elle s'y retira et y vécut cachée , mais le chagrin termina bientôt sa vie ; à sa prière l'abbesse lui fit ériger ce monument , et voici les paroles de l'inscription, qu'elle même avait dictée.

„ L'amour est plus fort que la mort, „ plus fort que la reconnaissance , il „ a brisé ces chaînes , et elles n'ont „ pu le fixer.

Ici le vieux chantre s'arrêta ; pendant son récit il avait souvent jeté les yeux sur le petit Wilhelm dont le regard expressif, intelligent , avait déja plus d'une fois attiré son attention. Il voulait observer quelle impression faisait sur lui cette histoire ; il vit dans les commencements les larmes de l'intérêt mouiller les yeux de l'en-

fant ; mais quand Buchling eut achevé
son récit, Wilhelm lève ses grands
yeux pleins d'ame et de sensibilité
vers la statue de la comtesse, les petits fils du magister regardaient leur
grand-père et semblaient encore attendre quelque chose, Buchling se lève,
sort de la chapelle, et laisse seuls les
trois enfans. Comme il s'y attendait,
ils se mirent à parler de ce qu'ils
avaient entendus : notre grand-papa,
dit Adolphe (l'aîné des petits fils du
chantre, âgé de treize ans) a oublié
quelque chose cette fois à la fin de
l'histoire, c'est comme le comte étant à
la chasse avec sa jeune femme Erdelinde, vint par hazard à cette chapelle, vit
ce monument, lut cette inscription, et
se tua.

Ah ! dit Wilhelm avec feu, elle
n'aurait pas dû..... non c'est ce qu'elle
n'aurait pas dû faire.

Mais c'est le comte qui se tua lui-même, dit Adolphe, qui croyait que Wilhelm ne l'avait pas compris..... J'entends bien, répondit Wilhelm, que m'importe le comte, et ce qu'il devint; mais elle, (en montrant la statue) mais elle, cette femme si bonne, si fidelle...... et des larmes coulaient de ses yeux...... pourquoi pas jusqu'au bout, dit-il avec chagrin, pourquoi ce tombeau, cette chapelle, cette inscription? elle ne devait pas se venger.

Non, non, s'écriérent les deux enfans, elle a très-bien fait, le comte avait mérité une punition; et la voilà.

Ah! dit Wilhelm d'une voix plus élevée, il aurait été assez puni quand la comtesse l'aurait rencontré au jour du jugement, et qu'elle ne l'aurait plus aimé. Elle avait tant fait pour lui, elle aurait dû encore mourir en silence; jusqu'alors elle avait montré tant de

H 3

grandeur , tant de noblesse.

— Bien , mon enfant, dit le vieux Buchling en rentrant dans la chapelle, et en embrassant Wilhelm, fort bien mon noble enfant, je n'y avais jamais pensé, mais tu as raison; elle aurait dû mourir en silence...... oui, tu as raison ; qu'importe le comte , il était mort pour nous longtems avant son épou- se....... cependant comment l'entends- tu , mon enfant, continua-t-il avec le plus grand calme, pourquoi la comtesse devait-elle mourir en silence sans mo- nument, sans inscription ? La vivacité du vieillard avait un peu embarrassé l'enfant, cependant il se remit, et ré- pondit à ses questions de manière à lui prouver qu'il avait bien eu en effet cette belle pensée, que la comtesse aurait dû faire encore à son mari le sacrifice de sa gloire, et ne pas risquer ce qui était arrivé. Buchling ému ca-

ressa les joues vermeilles de l'aimable
enfant, serais-tu donc mort en silence,
toi, mon enfant, lui dit-il?

Je connais un homme qui a plus fait
encore, répondit Wilhelm avec l'accent
de l'enthousiasme.

— Qui a été plus grand, plus géné_
reux que la comtesse Elisabeth, de_
manda vivement le vieillard? Qui donc,
dis-le moi, cher Wilhelm?

Cet homme, c'était son cher Hossein
le Persan; il avait souvent parlé de
lui à sa mère adoptive, mais le regard
tranquille, l'air calme avec lequel elle
l'écoutait, refroidissait son imagina_
tion; à présent il parlait à un homme
qui lui-même venait de faire un récit
plein de chaleur et d'expression, dont
l'œil animé répondait au sien. — Il se
mit donc à raconter avec le feu dont
son ame était pénétrée, et le vieillard
attendri ne pouvait assez admirer ce

H 4

bel enfant, et cette phisionomie à la fois pleine d'esprit, d'innocence et d'animation.

„ Les habitans de! Kafa, dit Wilhelm, firent inviter leur chef légitime Iman Hossein à venir prendre possession des états qui lui appartenaient de droit comme fils d'Ali. Hossein s'avança de Médine vers l'Euphrate, en traversant les mêmes déserts que la comtesse Elisabeth a parcourus; l'armée de ses ennemis alla au devant de lui, et se campa auprès du fleuve. Alors les lâches compagnons de Hossein l'abandonnérent, et le laissérent seul avec sa famille et un petit nombre d'amis, au milieu du désert aride; il y vécut un mois dans une misère inexprimable; ses enfans languissaient de chaleur et de soif, et il était obligé de prendre journellement les armes pour repousser les attaques de ses ennemis.

Enfin il désespéra de toute espèce de salut, et son épée tomba de sa main défaillante ; il prit sur ses genoux son plus jeune fils Askur qui était à-peu-près de mon âge, et assis tranquille-ment sur un tapis, il attendit l'appro-che des ennemis. Ils l'assaillirent de tous côtés, l'un des plus acharnés, le cruel Saad, ajusta une flèche sur son arc, et en dirigea la pointe vers le cœur du jeune Askur ; son père posa la main sur le cœur de son enfant pour le garantir ; la flèche part, vole et vient fixer la main tremblante du père sur le cœur de son fils. L'enfant fit un mouvement convulsif et expire. Dieu est miséricordieux, dit le malheureux père en levant les yeux au ciel, puis les tournant en souriant sur Saad qui s'avançait sur lui pour le percer de son épée. Hossein mourut en répétant ces paroles ; Dieu est miséricordieux.

H 5

De grosses larmes coulaient sur les joues de Wilhelm en terminant ce récit ; on voyait sur sa physionomie l'expression de la douleur , et celle de la satisfaction que donne à une belle ame une action vertueuse.

Buchling sécoua la tête. Hossein , dit-il , montra de la fermeté , mais la comtesse fut généreuse , elle se sacrifia volontairement.....

Quoi! s'écria Wilhelm avec vivacité, ne vous ai-je pas dit que Hossein était Iman , c'est-à-dire saint ; le monde entier n'aurait pu le vaincre s'il avait voulu. Saad tua son fils dans ses bras, puis le tua lui-même, et il mourut en silence, et en souriant, pour expier les péchés des croyans.

Le vieux Buchling vit bien, à l'air sérieux et ému de Wilhelm, qu'il était convaincu de la toute puissance des Imans ; il hésita s'il lui dirait ou non,

que sa croyance était une fable, mais
bientôt entraîné par son sentiment, il
l'embrassa en lui disant : conserve cette
foi, mon fils, puisque ton cœur est assez
grand pour sentir cette action ; les
noms peuvent être fabuleux, mais l'action ne l'est pas.

Non sans doute, elle ne l'est pas,
reprit Wilhelm ; comment les hommes
pourraient-ils seulement en avoir
eu l'idée ; nos yeux se seraient-ils
mouillés, nos cœurs battraient-ils plus
vivement en l'entendant reciter, si
c'était une fable ?—

Tu es un noble enfant, un excellent enfant, lui dit Buchling en l'embrassant encore. Dans ce moment Mr.
Belman entra dans la chapelle avec la
petite Henriette, il vint droit à Wilhelm,
et l'embrassa aussi avec la même émotion que le vieux chantre. — Oui, tu
es un noble enfant, dit-il aussi. Il était

H 6

arrivé là depuis longtems dès le commencement du récit de Buchling, il
n'avait pas voulu l'interompre, et ils
étaient restés sa fille et lui, près de la
porte qui était entr'ouverte ; ils avaient
entendu, et l'histoire de la comtesse,
et la conversation qui en avait été la
suite. Le ministre serra aussi la main
au vieux-Buchling avec cordialité, sans
paraître songer à la petite mésintelligence qui régnait entr'eux. Les deux
petit-fils du magister, et la jeune Henriette ne comprenaient pas trop la raison des éloges prodigués à Wilhelm,
cependant ils étaient émus ; lui-même
en avait l'air plus touché que fier. Ils
s'assirent tous quatre sur les marches
du monument ; le ministre et le magister sortirent de la chapelle pour s'entretenir ensemble.

Henriette avait beaucoup d'éclaircis-
semens à demander sur ce qu'elle ve-

nait d'entendre , et fit aux deux petits
garçons une foule de questions. C'est
vraisemblablement un conte, dit-elle enfin, comme mon pere m'en fait quelquefois. Les trois jeunes garçons qui ne ré-
voquaient pas en doute un seul mot de
l'histoire de la comtesse, appellérent
la statue en témoignage de la vérité.
C'est égal, dit la petite Henriette, il
est aisé de voir que c'est un conte,
mais il est beau; c'est un des plus beaux
qu'on ait inventé. Elle se leva , et plaça
sur la tête de la comtesse des fleurs
qu'elle avait cueillies dans la promenade,
puis elle sortit pour aller rejoindre son
pere ; mais le trouvant engagé dans une
conversation sérieuse avec Buchling ,
elle rentra dans la chapelle. Lorsque la
premiere émotion fut dissipée , le ministre et le magister eurent beaucoup de
réflexions à faire sur cette petite scène.

Vous voyez que..... commencerent.

ils tous deux ensemble ; puis chacun d'eux se tut pour entendre les
observations de l'autre.

Vous voyez , dit enfin le pasteur ,
par l'exemple de cet enfant , que l'homme est disposé naturellement à tout
croire, les contes les plus absurdes, les
plus foux ; on doit donc s'occuper sans
cesse à ne leur présenter que des vérités évidentes , incontestables , ou les
avertir qu'on fait un conte ; c'est ainsi
que je fais avec ma fille.

Buchling qui venait de lui voir aussi un
mouvement d'enthousiasme, s'attendait
à tout autre chose qu'à cette réflexion :
il se tut et le ministre fut obligé de le
presser pour l'engager à lui dire son opinion sur la scène dont ils avaient été
témoins.

Eh bien ! dit Buchling , nous voyons
par cet exemple qu'une maxime vertueuse peut entrer dans la tête d'un

enfant, y acquérir de la vie, et de la force indépendamment de la forme sous laquelle elle lui est présentée, de la vérité et même de la vraisemblance; c'est une superstition étrangere la plus dénuée de vraisemblance qui a produit un si grand effet sur ce jeune Wilhelm.

— Oui, mais il s'accoutume à prendre des superstitions pour des vérités.

— Celle dont il s'agit, Mr. le pasteur, ce dévouement généreux de son Hossein pour expier les fautes des autres, est elle une superstition. Changez un seul mot, et c'est la plus sublime des vérités. N'avez-vous pas dit vousmême en l'embrassant, noble enfant?

—Oui, sans doute, cet enfant m'a étonné; mais dans le fond je n'estime la vertu que lorsqu'elle est un résultat raisonné de la connaissance de nos devoirs.

— Mais alors, Mr. le pasteur, à

quoi réduisez-vous la vertu humaine ? car une vertu telle que vous la voulez est une chose presque impossible , et la grandeur d'ame de la comtesse Eli-sabeth......

N'est pas de la vertu , s'écria le ministre , c'est même un crime, si l'on veut y réfléchir de sang froid.

— Ici Buchling fronça le sourcil et rompit l'entretien ; il faut , dit-il , que j'aille voir ce que font les enfans. Le pasteur et lui se séparerent assez mé-contens l'un de l'autre. Pendant ce tems là Wilhelm avait fait un pacte d'amitié avec les petits fils du magis-ter. C'était Adolphe qui en avait fait la proposition ; ils s'embrasserent , et se promirent de se tutoyer. La petite Henriette regarda en souriant cette espece de cérémonie de fraternité ; mais quand les trois petits garçons lui pro-poserent d'en être , et de leur donner aussi la main, elle prit un petit air sage et réservé : une jeune fille, dit-elle, ne doit pas être aussi familiere avec les garçons ; mon papa me l'a dit souvent.

Son pere l'appella, et elle sortit avec lui.

Le magister désirait beaucoup que son petit fils se liât intimément avec le jeune Wilhelm ; quand il rentra dans la chapelle il eut le plaisir de voir Adolphe et Wilhelm qui se tenaient encore par la main. Soyez amis, s'écria le vieux grand-pere, en serrant ces deux innocentes mains dans les siennes, le meilleur de vous deux sera celui qui aimera le mieux son ami, et qui lui pardonnera davantage.

Le vieillard les fit sortir et s'assit avec eux sous les arbres du bosquet qui entouraient la chapelle ; il envoya Adolphe chez lui chercher du lait „ et des fruits ; et pendant , ce tems là il fit causer le petit Wilhelm. Après lui avoir fait quelques questions , il comprit bientôt où il avait appris ce qu'il savait sur la Perse, et comment il s'était affectionné à ce pays là. J'ai été moi-même en Perse pendant quatre ans, lui dit Buchling. — Vous avez été en Perse ! s'écria Wilhelm avec transport, dans ce beau pays , dans ce paradis !

Pendant le tems que j'ai passé dans cet heureux pays, mon fils , six rois ont été étranglés dans une année par leurs plus proches parens ; les plus belles villes ont été réduites en cendres, et les campagnes arrosées de sang. Enfin un heureux rebelle nommé Kerin est monté sur le trône par un crime, et a rendu la paix à ce royaume. — Mon fils , s'il y a un paradis sur la terre, c'est le pays qu'habitent une réunion d'hommes vertueux, qui sauraient mou-

rir en silence. Il lui raconta encore
beaucoup de choses de la Perse, jusqu'au retour de son petit fils qu'il chercha à rapprocher encore plus de Wilhelm ; il y réussit, et le soir Wilhelm et
Adolphe se séparerent les meilleurs
amis du monde.

Cette liaison fit un grand changement
dans toute l'existence du jeune Wilhelm ;
il était comme dans un nouveau monde ;
seul jusqu'alors, il s'était livré aux rêves
de son imagination exaltée ; à présent
il était en pleine jouissance du charme
attaché à une amitié tendre et active ;
ses contes bleus lui avaient donné sur
les hommes et sur leurs sentimens des
notions qui étaient au-dessus de son
âge et de sa portée. Il s'intéressait
moins à présent aux événemens qu'il
trouvait dans un livre, qu'aux sentimens dont ils étaient le résultat, ou
auxquels ils avaient donné lieu. Dans

le premier navigateur de Gesner, par
exemple, il réfléchit beaucoup sur les
désirs de la jeune fille, sur ses pressentimens d'un monde qu'elle ignorait et
dont elle se formait l'idée. Son sentiment, à lui, acquérait par ses réflexions
de la maturité et du mouvement. Les
réflexions qu'il avait faites dans sa solitude, les idées qu'il avait comparées
lui avaient bien donné celle du cœur
humain, mais non pas de l'homme tel
qu'il est. Il pouvait à présent s'occuper
avec intérêt d'un objet réel, et l'on
imagine aisément combien son ame de
feu s'attachait à son nouvel ami, avec
lequel il allait commencer une vie pleine
d'intérêt et de bonheur.

Adolphe s'apperçut bientôt qu'il y
avait quelque chose d'extraordinaire
chez Wilhelm, qu'il ne savait pas définir. Wilhelm, disait-il à son grand-
père, est quelquefois si ignorant, si

simple, si enfant, et d'autrefois il rai_
sonne comme un homme qui aurait
tout vu, qui saurait tout ce que font
les hommes, et pourquoi ils le font ;
il parle alors comme un livre ; et souvent il ne sait ce qu'il veut dire. Le
vieux Buchling crut qu'il serait à propos de déshabituer Wilhelm de cette
manière enfantine de parler qui approchait du ridicule, et il vint communiquer ses idées là-dessus aux Rosenbach.

Le trésorier apprit alors pour la première fois, et non sans chagrin, que
son fils adoptif avait la tête pleine de
contes d'enchanteurs, de génies et de
la religion des turcs. Il alla dans
la chambre de sa femme, et demanda
à voir les livres de Wilhelm. Mad. Rosenbach lui montra tous ceux qu'elle
avait, et lui avoua que l'enfant les
avait lu en entier ainsi que plusieurs

autres du même genre qu'elle avait rendus à Mad. Belman. Mais au nom du ciel, dit avec vivacité Ferdinand, comment est-il possible que tu lui aies mis entre les mains un tel fatras ? Tu connais mon aversion pour tous les livres de ce genre.

— *Mad. Rosenbach.* „Tu n'as pas voulu l'envoyer à l'école, il fallait cependant lui apprendre à lire ; je lui ai donné ses leçons dans le magasin des enfans ; que pouvais-je faire de mieux, il y a moins de contes que d'histoires vraies. Tu formais sans cesse le projet de l'instruire toi-même, mais tu en es toujours resté au projet. Un enfant ne doit pas être oisif, me disais-tu souvent ; je lui ai donc donné à lire les livres qui l'amusaient, et j'avoue que je m'en suis souvent amusée moi-même.

— *Ferdinand.* „ Mais ils vont faire le malheur de cet enfant, pourquoi du moins ne pas me consulter ?

— *Mad. Rosenbach.* „ Tu aurais eu des objections à me faire sur chaque li_vre , en attendant il n'aurait rien appris et du moins il sait lire.

Ferdinand aurait donné plus d'essor à son mécontentement , mais il voyait le capitaine faire un signe de tête d'ap_probation à chaque réponse de Mad. Rosenbach, et il conclut qu'il avait tort. Il se contenta donc de frapper du pied le plancher , mais il parlait assez douce_ment , et commençait toutes ses phrases en disant , *ma chère femme ,* ou *ma bonne amie.* Il ouvrit encore tous les livres, *Cabinet des Fées* , *Le monde enchanté* ..... Voyez , M. le magister quelle abominable lecture , ce que je déteste le plus au monde !

— *Le Capitaine.* „ Je me rappelle , mon frère que dans notre enfance , nous les lisions avec tant de plaisir.

— *Ferdinand embarrassé.* „ A la bonne heure, j'en lis même encore quelquefois avec plaisir ; mais je sais que je lis des contes. Wilhelm n'a lu que cela, et il y croit, il s'agit ici d'instruction, d'éducation.

— *Le capitaine.* „ Nous n'en sommes pas devenus plus méchans ni l'un, ni l'autre, mon frère, pour avoir lu des contes.

— *Ferdinand.* „ Cela peut être encore, mais je répéte qu'ils né vont pas avec l'éducation que je voulais donner à cet enfant.

— *Mad. Rosenbach en souriant.* „ Oui, que *tu voulais* lui donner, mais tout va bien avec celle que tu lui donnais, mon cher ami. (le capitaine fit un signe de tête d'approbation).

— *Ferdinand.* „ Soit, soit, je veux que vous ayez raison. Mais, écoutez, Mr. Buchling, il vous dira que ma
femme

femme a donné tous ces contes pour des vérités, à cet enfant, et qu'il y croit absolument; tu devrais pourtant savoir, chère amie, que . . . .

— *Mad. Rosenbach.* „ Non, je t'assure. Tous les livres qui avaient pour titres *Contes*, il les à lus comme tels, et dans les autres, je l'ai averti toutes les fois que nous trouvions quelque chose de mauvais.

— *Ferdinand.* „ Fort bien, ma femme; mais cet enfant n'en est pas moins devenu à ton école un excellent musulman; il croit, à ce que m'assure ici notre ami, à Mahomet, aux douze imans, et au paradis des turcs. Ce qu'il y a de plus fort, c'est qu'il est sectateur d'Ali, il n'est pas même un vrai mahometan; il célèbre la grande fête des persans. Comment l'appellez-vous, Mr. le magister?

— *Bucling.* La fête de Moharum.

Tome I.   I

— *Ferdinand.* „*Moharum.* Retiens ce mot, ma femme, si tu le peux, et félicite _ toi de ta belle éducation. Une fête dont nous ne savions pas même le nom. Ainsi donc, notre cher Wilhelm aura appris sa religion dans les mille et une nuits.

Non, dit Buchling, il a puisé tout cela dans Chardin.

Et c'est toi qui lui a donné ce livre, dit Mad. Rosenbach d'un air triomphant. Le capitaine applaudit d'un signe de tête, et Ferdinand fut un peu confus; cependant il ne voulut pas porter seul la faute; mais ma chère femme, mon innocente femme, reprit _ il, tu aurais pu cependant lui dire que son type de vertu, comment l'appelle _ t _ il, magister?

Hossein Iman.

Ah! pour celui là, dit Mad. Rosen_ bach, il est vrai qu'il l'aime par des_ sus tout, il m'en a parlé mille fois. C'est cet Iman que Saad fit mourir après avoir cloué sa main sur le cœur de son fils avec une flèche. Cette histoire est très-belle et très-touchante, nous en avons souvent pleuré ensemble.

—*Ferdinand.* „Nous allons voir que vous êtes tous les deux de bons et fidèles musulmans... Mais puisque tu connais si bien cet Iman, ma chère amie, tu aurais pu dire à Wilhelm que cet Hossein était un fou fanatique, ainsi que son grand-père Mahomet, et son père Ali; c'étaient des fous, ou des imposteurs. Toute cette histoire de Hossein, de son fils, de cette flèche, de cette main, est un conte comme celui de la chatte blanche, ou du prince Persinet. Voilà ce que tu aurais dû lui dire (ici le capitaine fit encore son signe de tête ap-

probateur , et Ferdinand reprit son air
sérieux et faché.

Ah ! dit Mad. Rosenbach en .sou-
pirant, tu ne sais pas comme j'avais tout
cela sur le cœur. Si j'ai eu tort de
ne pas parler à cet enfant comme je
l'aurais dû, je l'ai si bien senti, que Dieu
me le pardonnera.

Son beau-frère lui sourit avec amitié,
avec intérêt , puis regarda Ferdinand,
et lui fit un signe suppliant pour qu'il
épargna sa femme ; cet excellent homme était en souffrance dès qu'il voyait
quelqu'un dans l'embarras.

Mad. Rosenbach expliqua comme
elle put ses motifs pour avoir laissé
croire à l'enfant des mensonges , de
peur d'affaiblir sa foi sur les vérités;
son mari la compara aux missionnai-
res jésuites de la Chine qui permettaient
aux chinois de croire à Foé, pourvn
qu'ils crussent à Loyola. Content d'a-

voir trouvé ce rapport, il ne songea plus à gronder sa femme, et mit l'entretien sur un autre sujet, après avoir dit au magister qu'il réfléchirait sur les moyens de désabuser Wilhelm de ses erreurs.

Cela ne sera pas facile sans lui ôter tout principe de foi pour le reste de sa vie, dit l'honnête vieillard.

Nous y réfléchirons, dit encore Ferdinand; et ils se séparèrent.

Le trésorier n'était pas précisément ce qu'on appelle un incrédule, il respectait la dévotion tranquille du magister; il ne disputait jamais avec sa femme sur des articles de foi. Si quelqu'un avait attaqué la religion en sa présence, il l'aurait défendue comme l'orthodoxe le plus zélé; c'était même souvent un des sujets de dispute avec le ministre, et sur ce seul point il ne soutenait jamais l'avis contraire; mais

I 3

dans le fond de son cœur , il croyait
que le dogme était assez indifférent
pourvu qu'on fut vertueux. Le capitaine
ne pensait pas tout-à-fait de même ;
il était dans l'idée que les doctrines
religieuses pouvaient influer beaucoup
sur la conduite des hommes. Il fut donc
plus inquiet que son frere de tout ce
qu'on avait laissé croire à son fils
adoptif , et sur tout de la manière dont
Ferdinand s'y prendrait pour le désabuser. Il fut le joindre auprès d'une
fenêtre où il était à réfléchir en cherchant des yeux le petit garçon. Henri
se plaça à côté de lui , et posant son
bras sur son épaule , il lui dit avec
amitié ; comment t'y prendras-tu avec
l'enfant , mon frère ?

— *Ferdinand.* „ Rien de plus facile ,
j'étais en peine comment lui inspirer
l'amour de la vérité , ma femme y est
parvenue au moyen de ses contes ; je

vais actuellement lui sabrer ses enchanteurs, son Hossein, ses douze
imans, et les réduire en poussiere.
Nous verrons après cela s'il sera aisé
dans la suite de lui faire adopter ce
qui n'est pas.

— *Henri.* „ Je t'en conjure, mon
cher frere, prends garde en arrachant
les mauvaises herbes, de déraciner
le bon grain; songe que tout cela se
touche, et si parmi cette mauvaise
herbe il se trouve quelque fleur dont
le parfum soit agréable, je te demande grace pour elle; quand il s'agit
de la vérité tu vas quelquefois un peu
trop vivement en besogne; tu ne son-
ges pas que toi-même, mon frere, tu
n'agis pas toujours d'après les vérités
que tu connais, mais que le courage,
l'amour, la haine, la crainte, te mettent aussi en mouvement comme les
autres hommes. Avoue, mon frere, que

I 4

les histoires de revenans de notre enfance, les bons et les mauvais génies des contes que nous avons lus, se présentent encore quelquefois à ton cœur et à ton imagination.

— *Ferdinand avec émotion* „ Oui mon cher frere, et je pense que tu es le bon génie qui retient mon bras lorsque j'allais arracher le bon grain, et les fleurs odorantes. J'attendais ici Wilhelm, je voulais avoir une conversation particulière avec lui, et vraisemblablement j'aurais tout arraché, bon et mauvais, et je n'aurais laissé qu'un désert sec et aride. Je voulais, mon frere, traiter en plaisantant ce qui dans le fond est une des choses les plus sérieuses qu'il y ait au monde; mais à présent tu seras témoin de ce que je vais lui dire, le voici qui vient.

L'enfant entra dans la chambre, passa la main sur son front pour écar-

ter les boucles de ses beaux cheveux
chatins, et s'avança en souriant vers
Ferdinand qui lui tendit la main avec
amitié. Que voulez-vous de moi ? cher
papa, dit Wilhelm qui n'était pas ac_
coutumé à cet accueil carressant ?

J'ai examiné tes livres Wilhelm, dit
le trésorier en jettant un regard sur
la petite bibliothéque de l'enfant. Tu
sais, mon fils, que je n'aime pas qu'on
lise beaucoup; j'aime mieux peu et bien;
quand on lit de cette manière il n'y a
point de mauvais livre dont on ne
puisse tirer quelque chose d'utile et de
bon.

Wilhelm rougit, et sortit des ta_
blettes Chardin et Gesner. Ferdinand
le comprit. Tu as raison, lui dit-il, ce
sont les seuls bons parmi tous ceux-là ;
tu vois qu'il y a au moins dix mauvais
livres pour un bon, et il en est ainsi
de tout dans le monde. Alors il entama

une dissertation savante et embrouillée
sur les différentes espèces de religion,
sur ce qu'elles ont de vrai et de faux; sur
leur influence pour la conduite des individus et le sort des nations, où l'enfant ne comprit rien, sinon que son
cher Hossein et ses douze imans étaient
une fable et Mahomet un imposteur.
Les larmes lui en vinrent aux yeux,
il secoua sa jolie tête d'un air de doute,
et regarda papa Henri en qui il avait
plus de confiance.

Mon frere te dit l'exacte vérité, mon
fils, lui dit celui-ci, et nous te donnerons des livres qui te le prouveront
si tu veux les lire avec attention.

Wilhelm le promit, et sortit en
jettant un triste regard sur ses livres;
il était affecté d'avoir perdu la belle
illusion du vertueux Hossein, et de
tout ce qui l'avait si fort enchanté jusqu'alors, mais il était dans l'âge où les

afflictions ne durent pas longtems. Il succéda à la sienne un si grand dé- pit d'avoir été trompé, que pendant plu- sieurs jours il ne voulut plus ouvrir un seul livre ; le trésorier suivant sa coutume, content de lui avoir parlé ne s'occupait plus de lui.

CHAPITRE X.

Ferdinand trouva enfin qu'il était indispensable de donner au petit Wilhelm une instruction régulière ; il travailla, mais cette fois seulement en spéculation, à un plan dans lequel il fit entrer les idées de son frere ; en conséquence il chercha à trouver un milieu entre la discussion froide et raisonneuse, et la foi aveugle qui adopte tout sans examen.

Il fit venir le lendemain Wilhelm dans sa chambre, et commença sa leçon avec le ton de l'intérêt et du sentiment, mais bientôt il retomba dans sa manie ordinaire, lui parla d'opinion, de foi, de connaissance réelle ; au risque d'arracher en effet, comme avait dit le bon capitaine, plusieurs bonnes plantes avec les mauvaises. On com-

prend bien qu'il commença par anéan-
tir toutes les merveilles, tous les en-
chantemens du monde phantastique de
Wilhelm. Au bout de quinze jours de
cette instruction de destruction, le
trésorier n'avait plus rien à dire à l'enfant ; les leçons discontinuèrent, et
tout reprit son ancienne marche ; Hossein et tous les héros mahométans furent mis de côté, et un esprit de recherche scrupuleuse et de doute, prit
la place des rêves animés qui avaient
occupé jusqu'alors sa jeune imagination ; il trouvait à présent du plaisir à
nier l'existence de toute ces produc-
tions merveilleuses dont sa tête avait
été remplie, et qui souvent l'occupaient
encore : dans les commencemens il ne
savait pas trouver le point où il devait
s'arrêter entre le sentiment et la réflexion, mais bientôt son cœur l'aida
à sortir de ce labyrinthe. Hossein s'é-

tait laissé tuer pour terminer une guerre
civile ; la comtesse Elisabeth pour délivrer son époux , combattit , non pas
contre des lions, mais contre la passion
qu'elle avait pour lui , et pour le rendre heureux , elle dompta cet amour ;
de cette manière Hossein et Elisabeth, quoique dépouillés du merveilleux de leur histoire , restèrent encore
grands à ses yeux. Il se moquait à présent de l'anneau de Salomon qui com-
mandait aux génies , et de la baguette
enchantée d'Alquife , mais il mettait la
puissance de tous les deux dans la
force de la volonté humaine ; l'anneau
de Salomon, était la vertu ; l'amour et
l'amitié conduisait la baguette de la
reine des fées. Il conserva aussi l'idée
d'un monde rempli d'effets merveilleux,
mais tels seulement que l'homme peut
les produire , et que lui-même se proposait d'en produire.

Au moyen de ces réflexions et de
sa liaison avec les petits fils de Buch_
ling, Wilhelm sortit peu-à-peu de sa
solitude, et apprenait à connaître le
monde ; il chercha autour de lui un
cœur pour lequel le sien pût faire tous
les miracles dont il avait l'idée, et ce
fut Adolphe, l'aîné des petits fils du
magister, qu'il choisit pour son héros
d'amitié. Ce n'était pas seulement la
bienveillance d'Adolphe qu'il voulait
obtenir, mais il lui fallait son cœur tout
entier ; il voulait que son ami pût faire
pour lui tout ce qu'Elisabeth avait fait
pour son époux, tout ce que Hossein
avait fait pour sa patrie, tout ce dont
lui-même se sentait capable. Il réussit
en effet à lui inspirer un enthousiasme
d'amitié presque égal au sien : ce n'était
pas encore des actions qu'il lui deman_
dait, mais de la chaleur, un intérêt
vif pour tous les plans qu'il formait dans

l'avenir ; et quel jeune cœur n'est pas susceptible de cet intérêt ?

Le trésorier qui devait ses connais-sances aux livres qu'il avait lus, donna à Wilhelm l'inspection de sa bibliothe-que ; son plan avait été d'abord de lui donner très-peu à lire ; un enfant, disait-il, doit acquérir des notions de tout par l'expérience, et par l'impression vive que font sur ses sens les événemens de la vie ; cette impression est la seule qui reste, ce qu'on lit est une *lettre morte*. Cependant il vit bientôt que les événemens d'une vie uniforme et paisi-ble ne suffisaient pas pour l'instruc-tion de l'enfant, qu'il fallait y ajou-ter le supplément de la lecture, et il lui abandonna sans réserve tous ses livres.

Quand le capitaine lui fit une obser-vation sur l'inconséquence de sa con-duite, il rougit, et dit en souriant, ils sont deux à présent, Adolphe et

Wilhelm, ce qu'ils lisent ensemble ne restera pas une *lettre morte*, mais acquerra de la vie et de la force par les réflexions qu'ils se communiqueront.

Les deux jeunes amis se mirent donc à lire avec avidité tout ce qui leur tomba sous la main ; ils donnerent bien_tôt la préférence aux voyages, aux livres d'histoire, et aux traductions des an_ciens. Ferdinand voulait quelquefois s'en mêler, et mettre quelque ordre dans ce cahos de choses qui leur en_traient dans l'esprit ; mais il s'en dégoûta bientôt, parce qu'il fallait reprendre les événemens et les idées de trop loin , et souvent son imagination se montait à l'unisson de celle des deux jeunes gens.

Un champ vaste était ouvert devant eux : l'histoire des grecs , des romains ; les merveilles morales et les grandes ac_tions dont elles sont remplies ; tous les héros de l'antiquité passerent successivement en revue dans toute leur gloire, sous les yeux enchantés des deux jeunes garçons. Bientôt ils ne trouvèrent plus assez grande la gloire des héros de l'antiquité, ils auraient voulu du tonneau de Diogene, dominer le monde entier, et réunir le manteau de Socrate à la couronne d'Alexandre; les actions de César ne leur paraissaient que le commencement d'une vie glorieuse. Ils n'enviaient à aucun de ces héros leurs grandes actions, parce qu'ils trouvaient dans leur jeune cœur des forces pour en faire de plus grandes encore, et croyaient de bonne foi qu'il ne leur manquait que les circonstances favorables dans lesquelles ces grands hommes avaient vécu. Le mot fameux de Licurgue, *la mort doit être une action, et non pas une cessation d'action*, leur paraissait le vœu de la nature, le commandement le plus sacré de l'Etre suprême Les pro-

miers mouvemens d'un cœur noble et
généreux appartiennent toujours à la
gloire et à la vertu ; on se sent capa_
ble alors des plus grands sacrifices.
Nous ne commençons à attacher du
prix à la vie que lorsqu'elle ne mérite
déjà plus notre attachement.

Toutes les forces morales des deux
jeunes amis se développaient rapide_
ment au soleil vivifiant de l'histoire.
Ferdinand avait assez envie de rabaisser les héros de l'antiquité pour relever
le monde nouveau, et de donner la
préférence au commerce brillant des
habitans de l'Europe , malgré toutes les
cruautés dont il est accompagné, sur les
actions héroïques et sanglantes des anciens, mais il craignait son frere qui pro-
tégeait l'enthousiasme des jeunes gens.
Mon frere , disait le capitaine, il y a je
ne sais quoi de grand et de respectable
dans cette histoire de l'antiquité ; elle

ressemble aux souvenirs d'une jeunesse
innocente, et doit faire l'effet de la
conscience sur les grands hommes modernes.

Ferdinand sourit ; il éprouvait lui-
même un sentiment semblable à celui-
là, mais il ne pouvait jamais entendre
quelqu'un se livrer à un mouvement
d'enthousiasme qu'il ne lui prit envie
de soutenir que c'était une folie, et si
dans cette occasion il ne céda pas à
cette envie, ce fut uniquement par
cette déférence pour les opinions de
son frere qui le dominait toujours. Mais
il chercha à attaquer cet enthousiasme
d'une autre maniere ; il mit en opposi-
tion Timoléon avec Gustave, vanta
avec excès Christophe Colomb, donna
à Alexandre le surnom de *Cortés*, et
parla beaucoup des bienfaits de l'impri-
merie, qu'il avait souvent appellé lorsqu'il voulait contredire le ministre;

l'oreiller de paresse de l'esprit humain.
Il résulta de tout cela ce qui n'avait
point été son intention, c'est que les
deux enfans apprirent ce qu'il y a de
bon et de beau dans l'histoire moderne,
sans en aimer moins les anciens, et
l'orgueil des vertus républicaines fut
beaucoup adouci dans leurs ames.

Quoique Wilhelm eut trois ans de
moins qu'Adolphe, il était cependant
beaucoup plus avancé que lui sur plusieurs points ; mais on ne s'en appercevait pas, parce qu'il parlait peu ; livré
à lui-même, à la lecture de quelque
livre, occupé du souvenir des contes
de son enfance, de l'exemple des vertus domestiques qu'il avait sous les
yeux, et des récits que lui faisait le
vieux Buchling de ses voyages, sa vie
s'écoulait paisiblement.

Il avait atteint sa quinzieme année
lorsque son ami Adolphe vint jeter

une éteincelle qui alluma une nouvelle
flamme dans son cœur ardent et sensible. Adolphe annonçait quelque talent
pour la musique ; son grand-pere lui
avait fait apprendre à jouer du violon,
et il avait fait de grands progrès. Le
ministre Belman s'était dans ce tems-ci
rapproché du vieux Buchling ; il avait
demandé à Adolphe de venir de tems
en tems chez lui accompagner des sonates de clavecin à sa fille Henriette.

Henriette âgée de treize ans, paraissait en avoir quinze, elle était le mo-
dèle d'une éducation raisonnable et soi-
gnée ; son esprit et sa raison se développaient tous les jours, ainsi que les
formes agréables de la plus jolie figure.
Ses parens qui prévoyaient pour elle
l'établissement le plus brillant, la reti-
raient autant qu'ils le pouvaient de la
société des jeunes gens de son âge. M.
Belman d'après son systême, croyait

que le point de perfection auquel l'homme devait tendre, était l'usage d'une raison calme et éclairée dans toutes les circonstances de la vie ; il avait donc cherché de bonne heure à prévenir sa fille contre l'effet des passions, et à lui en donner une idée peu favorable ; les années les plus dangereuses pour une jeune personne, disait-il, sont de quinze à vingt ans, et si je puis garantir ma fille de l'amour pendant cette époque, je suis sûr d'elle, et je la marierai comme je voudrai. Elle savait donc déjà combien l'amour est nuisible au bonheur de l'homme, et croyait d'après son père, qu'avec la réflexion et la sagesse on pouvait très-bien l'éviter ; elle le mettait au même rang que toutes les autres passions, l'avarice, l'ambition, la haine ; parce que son père ne s'était pas attaché à lui en développer particulierement les dan-

gers ; mais elle parlait de ceux des passions en général, avec beaucoup de
force et de sagesse, à la grande satisfaction de ses parens, et à la sienne
propre, parce qu'elle recevait des éloges sans fin sur le développement éton-
nant de sa raison, bien supérieure, lui
disait-on sans cesse, à celle des autres
personnes de son âge.

Son père lui avait dit aussi à propos
de l'ambition, qu'il était permis de chercher à améliorer son sort, que même
on devait le faire autant que cela se pouvait concilier avec la vertu. La petite
n'aurait pas trop compris cette maxime
générale ; mais sa mère lui avait donné
de son côté quelques développemens à
ce sujet ; par exemple, lui avait - elle
dit, une jeune fille avec de la beauté,
des talens, un esprit cultivé, peut aspi-
rer à devenir la femme d'un homme riche et considéré, et cette idée avait
fait

fait une grande impression sur Henriette.

Avec tous ces préparatifs le ministre ne crut pas risquer beaucoup de permettre au petit fils du magister de venir
faire quelquefois de la musique avec sa
fille ; un jeune homme de cette classe
ne pouvait pas être dangereux pour
elle ; d'ailleurs sa mere devait toujours
être présente.

Adolphe intimidé comme on l'est à
son âge avec des gens que l'on croit au-
dessus de soi, jouait de son violon sans
lever les yeux de dessus ses notes, et
tout serait allé à merveille sans la vanité du ministre : il voulut que le jeune
homme pût parler dans le monde , et
sur-tout chez le trésorier, de la bril-
lante éducation de Mademoiselle Henriette Belman ; pour cela il entrait en
conversation avec lui sur quelque point
de science ou de morale, feignait sou-

Tome I.   K

vent de ne pouvoir répondre à chaque
question, et s'adressait alors à sa fille
qui avait toujours sa réponse prête.
Henriette, tu sais cela, lui disait son
pere, parle ; et la jeune personne enchantée de montrer ses connaissances
ne se le faisait pas répéter ; l'occasion
en était si rare, et c'était une si douce
jouissance pour sa petite vanité ! Adolphe était véritablement dans l'admiration ; comme cet enfant de la nature
ne savait point cacher ce qu'il éprouvait, Henriette voyait très-bien qu'elle
était admirée, et jamais elle n'était plus
aimable, plus sensée, plus séduisante,
et plus contente, que lorsque son pere
lui fournissait l'occasion de parler devant Adolphe.

Adolphe confia à son ami Wilhelm
l'admiration qu'il éprouvait pour les
perfections de la jeune Henriette, et ce
sujet revenait sans cesse dans leurs en-

tretiens. Les deux jeunes gens ne con-
naissaient l'amour que d'après leurs lectures ; ils le regardaient comme un sentiment céleste, comme la couronne de
la vie et la récompense de la vertu ; ils
n'avaient aucune idée de ses dangers ,
ni de la possibilité d'éprouver cette passion à leur âge ; ils faisaient ensemble
des plans dans lesquels l'amour jouait
bien le principal rôle , mais ces plans
ressemblaient aux rêves de leur ambition ; c'étaient des pressentimens d'un
avenir plein de charmes , mais ce n'était
pas l'amour lui-même , ce sentiment
dormait encore dans leur ame, et aucun des deux n'avait l'idée de faire entrer Henriette dans les jeux de leur
imagination , quoi qu'elle jouait en réalité le premier rôle dans leur histoire
enfantine sans qu'Adolphe ni elle-même
s'en doutassent. Adolphe témoignait
ouvertement son admiration , et Hen-

K 2

riette l'en remerciait par des regards
obligeans, ces regards faisaient plaisir
au jeune homme ; l'expression de son
admiration en devenait plus vive, et les
regards plus obligeans. S'il était par
hazard seul une minute avec elle, le
ton de ses éloges prenait une expression qui ne déplaisait pas à Henriette,
il ne disait alors que quelques mots,
mais ses yeux, mais son sourire donnaient un grand prix à ce peu de mots.
Henriette était bien aise lorsque sa
mere était obligée de sortir un instant
pour quelques affaires domestiques,
et même au bout d'un mois la petite
rusée sut fort bien trouver des moyens
de se procurer quelques minutes de
tête à tête avec le jeune musicien ; son
ame était innocente et pure, le plaisir
de plaire, et le désir de plaire encore
davantage, étaient ses seuls motifs. Henriette n'était pas sensible encore, mais
elle était déja coquette.

Adolphe sans s'expliquer à lui-même
pourquoi, passait vingt fois le jour devant la maison du pasteur ; chaque fois
Henriette se trouvait à la fenêtre, ou
derriere la croisée. Adolphe s'habillait
avec plus de soin, et Henriette restait
chaque matin quelques momens de plus
à sa toilette, et se regardait plus souvent au miroir. Tous les deux cultive-
rent la musique avec plus d'ardeur ;
tous les deux attendaient avec impa-
tience l'heure destinée à accompagner
leurs sonates.

C'était un triomphe enfantin pour
Henriette de voir cet empressement
d'Adolphe, la recherche et la propreté
de son habillement, tous les pas qu'il
faisait pour l'entrevoir à sa fenêtre ,
ses progrès étonnans dans la musique, et l'expression touchante avec
laquelle il jouait *l'adagio.* Pouvait-elle
en conscience ne pas se montrer au

moins à la fenêtre, lorsqu'il passait dessous uniquement pour la voir, et ne pas mettre aussi plus d'expression dans son jeu lorsqu'ils en étaient à l'*adagio*. Elle commença alors à comprendre ce que son pere lui avait dit quelquefois en lui donnant sa leçon ; l'*adagio* doit être joué avec un cœur partagé entre la tristesse et la gayeté, il doit-être plein d'ame et de feu ; à son grand étonnement elle éprouvait une émotion nouvelle à plusieurs passages qu'elle avait joués jusqu'alors mécaniquement. Elle passa rapidement dans ce tems-là de l'enfance à l'adolescence, et chaque jour un sentiment nouveau qu'elle ne savait pas définir, qu'elle ne comprenait même pas, se développait dans son ame. La vanité eut une grande part à ce changement de son existence, mais qu'elle est dangereuse aussi, de quinze à vingt ans, la vanité! presque autant que l'amour.

Cependant Adolphe n'admirait plus
Henriette aussi librement ; il paraissait
même plus froid à l'extérieur ; un instinct secret l'avait rendu timide, et
malgré cela Henriette était encore contente de lui ; les regards furtifs qu'il
jetait sur elle par dessus son papier,
lui apprenaient que l'admiration du
jeune homme pour être plus silencieuse,
n'en était peut-être que plus vive et
mieux sentie. Les parens ne voyaient
rien de tout cela ; l'instinct aussi avait
dit à Henriette qu'elle devait cacher le
plaisir secret qu'elle éprouvait à voir
Adolphe. Cependant il ne s'était pas
prononcé un seul mot entr'eux qui
n'eût pu se dire entre des connaissances ordinaires, et que des parens ne
dussent pas entendre. Henriette n'en
voulait pas davantage, elle était admirée, c'était tout ce qu'elle demandait.
Adolphe était plus vivement épris ; il

K 4

se perdait dans ses rêveries poëtiques , dans ses plans romanesques, et son imagination dévançait en ce moment celle de Wilhelm ; le nom et la figure d'Henriette était continuellement présens à sa pensée. Il devint inquiet, agité, ne pouvait se fixer à aucune occupation ; son violon seul [avait des charmes pour lui, et il s'en servait pour exprimer les sentimens dont son cœur était rempli. Il passait plus souvent encore, mais plus timidement devant la maison de Belman , et par tout où allait Henriette , elle était sûre de l'appercevoir de loin , ou seul, ou avec son ami Wilhelm , avec lequel il était plus froid et plus réservé qu'auparavant.

Un jour Adolphe surmonta sa timidité ; il prit un prétexte pour aller chez le ministre hors de l'heure ordinaire de la musique ; il fut reçu assez séchement par le pasteur qui ne l'invita point à

1

roster. Cette mauvaise réception n'empêcha point Adolphe de revenir à la première occasion ; cette fois il fut reçu avec une froideur plus marquée.

Ce jeune homme, dit le ministre à sa femme, s'imagine avoir les entrées libres dans notre maison ; s'il n'était pas aussi distingué sur le violon, je ne le recevrais sûrement plus.

On joue avec bien plus d'attention, papa, lorsqu'on est accompagné, dit la petite Henriette d'un ton extrèmement naturel.

A la première leçon, elle le traita plus froidement qu'à l'ordinaire, cependant un regard qu'elle jeta sur lui le rassura un peu ; il ne songea en jouant qu'aux moyens de voir Henriette ailleurs que chez ses parens, et bientôt l'occasion s'en présenta d'elle-même. Ils se rencontrèrent un jour chez un des premiers magistrats de la petite ville ; il avait une fille de l'âge d'Henriette, et un fils ami d'Adolphe. Mr. Belman permettait à sa fille d'aller voir de loin en loin son amie. Adolphe toujours aux aguets auprès de la demeure d'Henriette, la vit sortir, la suivit, et bientôt après il entra dans cette maison où il allait souvent. Ils se saluèrent d'une maniere timide et réservée ; Henriette proposa une promenade à son amie ; le cœur d'Adolphe battit vivement, il aurait juré qu'Henriette lui avait jeté un coup d'œil en disant cela.

En effet le coup d'œil avait été jeté, Henriette croyait devoir réparer l'accueil trop froid de son pere.

Cette entrevue n'eut d'autre effet que de donner une intention plus directe aux désirs vagues d'Adolphe. Il imagina pour voir Henriette plus souvent de chercher à reconcilier le trésorier et le ministre ; pour y parvenir, il confia à Wilhelm que Mr. Belman témoignait quelquefois du regret de la froideur qui regnait entre leurs deux familles. Ces discours souvent répétés, firent impres_ sion sur ce bon jeune homme; il en parla au capitaine, et raconta une fois à Mad. Rosenbach, d'après Adolphe, que Mad. Belman avait fait ses éloges comme d'une très-habile ménagere. Il n'osa pas aborder Ferdinand, il ne con_ naissait pas assez son côté faible. Les tentatives des deux jeunes gens ne fu_ rent pas sans succès; le capitaine re_ gardait son frere toutes les fois qu'on prononçait le nom de Belman, et Mad. Rosenbach déclara un jour qu'elle ne trouvait pas qu'il fût convenable de vivre plus longtems en désunion avec son pasteur. Wilhelm appuya alors vi_ vement et rappella à ses protecteurs qu'ils étaient parains d'Henriette.

Le trésorier n'était point contraire à

la reconciliation, il s'ennuiait de n'avoir
personne avec qui disputer, mais il
aurait voulu savoir ce qui donnait en
même tems à tout son monde ce désir
de renouer avec la famille Belman, et
il ne pouvait le déviner. Eh bien,
dit-il un jour, si nous allions leur faire
une visite. Ce n'était pas trop l'avis de
Mad. Rosenbach qui craignait que sa
dignité ne fût compromise en faisant
les avances. Ce n'était pas non plus
celui du capitaine qui croyait qu'une
reconciliation ne devait pas s'entamer
par une visite de cérémonie.

Adolphe était présent et assez embarrassé; dans le vrai le ministre ne
lui avait jamais témoigné le moindre
desir de cette reconciliation. Il prit
une autre tournure; Henriette devait
apprendre à danser, le ministre n'é-
tait pas assez riche pour faire venir
un maître de danse pour elle seule;

si l'on pouvait engager le trésorier à s'associer avec lui pour cet objet, la reconciliation serait en bon train. Adolphe après avoir beaucoup combattu avec lui-même, se décida à confier à son ami Wilhelm son desir de voir plus souvent Henriette, et d'opérer le rapprochement des deux familles ; cher Wilhelm, lui dit-il, il faut que tu pries ton père de te faire apprendre à danser, et tout s'arrangera le mieux du monde.

— Danser ! moi, danser Adolphe !... pourquoi, dis-moi tes raisons, et ce qui doit s'arranger si je danse ?

Adolphe se jetta en rougissant dans les bras de son ami, et lui parla avec chaleur des perfections d'Henriette, et de son desir de la voir plus souvent.

Wilhelm regarda fixement son ami d'un air surpris ; Adolphe, lui dit-il, est-ce de l'amour que tu sens pour

Henriette ?..... Oui, c'est de l'amour, c'est impossible autrement.

Moi de l'amour, dit Adolphe en rougissant, comment peux-tu avoir cette idée ? Il rompit la conversation, et quitta bientôt son ami.

De retour chez lui Wilhelm réfléchit à tout ce que lui avait dit Adolphe, il se rappella ses rêveries, son goût pour la solitude, ses courses continuelles du côté de la maison de Belman; tout le persuada qu'Adolphe aimait Henriette, et il se détermina à demander un maître de danse à ses parens adoptifs.

Cher père, dit-il en rougissant avec embarras au capitaine, je voudrais bien savoir danser.

— Danser ! Wilhelm, et pourquoi ? dis-le moi je t'en prie ?

— Je voudrais..... apprendre à danser, mon cher père..... puisque je dois devenir soldat, j'imagine que..... ma mère me reproche toujours que je me tiens mal...... enfin je desire beaucoup apprendre à danser.

Le capitaine se leva, fit deux ou trois tours dans la chambre, et répéta ; mais d'où te vient cette fantaisie ?

— Votre fillieule Behnan apprendra aussi, cher père, ses parens le désirent ; mais ils ne sont pas assez riches pour faire venir seuls un maître de danse.

Tu as raison, mon fils, tu as raison ; s'écria Henri avec joie ; la réconciliation se fera ainsi d'elle-même, et il sortit pour aller chercher son frère et lui communiquer cette idée.

Nos cœurs sont-ils donc si froids, dit Ferdinand d'un air sombre, qu'il faille un maître de danse pour y rame-ner la chaleur et la vie ? Allons chez je lui tendrai, si ton cœur dont il connaît la bonté, ne l'engagent pas à cette réconciliation, je n'en veux point avec lui, et surtout point par un maître de danse.

— *Henri*. Mais c'est un service que nous lui rendons, mon frere.

— *Ferdinand*. Toujours bon, mon frere, toujours excellent..... Je vois ton desir d'obliger, et je ne m'y opposerai pas. Allons, le cœur me dit que nous commencerons par nous réconcilier sans maître de danse, et nous verrons ensuite s'il en est besoin pour entretenir la bonne harmonie.

Adolphe était au clavecin avec Henriette quand ils entrèrent chez le ministre.

Mon cher Pasteur, dit Ferdinand en entrant, nous avons été brouillés, c'est moi qui avais tort, je le sais ; c'est par faiblesse de ma part et non par orgueil ou inimitié, que le soleil s'est couché si souvent sur notre brouillerie.

Le ministre prit la main de Ferdinand, et la serra cordialement, mais il lui montra de l'œil les jeunes gens qui les écoutaient, en lui disant, passons s'il vous plait dans une autre chambre.

Non, dit le trésorier, je ne fais pas un pas que nous ne soyons réconciliés ; laissez-moi, parler, Mr. le pasteur.

Mais voulez-vous donc rendre ces jeunes gens témoins de notre conversation?

Le monde entier, Mr. le pasteur, j'ai eu des torts, et il est bon que les jeunes gens apprennent par l'exemple des gens plus âgés qu'eux, comment on répare ses torts en les avouant. Comme je l'ai dit, mon cher pasteur, je viens vous offrir de nouveau mon amitié, et vous demander le rapprochement de nos deux familles. Vous pardonnerez je le ministre, mon frère, si la main que

pense, une faiblesse à un homme qui a
vieilli dans la mauvaise habitude de
vouloir toujours avoir raison..... je vous
la demande de bon cœur, soyons amis!

Mon frere, mon cher frere, dit le
capitaine touché du ton ému du trésorier, et venant l'embrasser.

Belman les larmes aux yeux se jetta
aussi dans les bras ouverts du trésorier;
paix et amitié, lui dit-il, nous avons
eu tort tous les deux; mais tous les
deux nous sommes meilleurs que nous
ne l'avons cru. Henriette, mon enfant,
voilà un des plus beaux momens de ma
vie. Il était si touché en disant ces
mots que le capitaine fut obligé de détourner la tête pour cacher son émotion;
pour donner le change à la sienne Ferdinand prit la main d'Henriette; jouez-
nous une valse, jeune homme, dit-il
à Adolphe, je vais la danser avec ma
fillieule.

Il fit quelques tours ; puis il proposa le projet du maître de danse. Adolphe jetta un regard expressif sur Henriette qui lui fit comprendre la part qu'il avait à cette proposition. Elle rougit et son cœur éprouva pour la première fois une émotion aussi douce que nouvelle. Celle d'Adolphe fut au point de l'obliger de sortir ; il alla chercher son ami Wilhelm, et lui dit en se jettant à son cou avec transport ; je danserai avec Henriette.

Il l'aime sûrement, dit Wilhelm en lui-même, il l'aime, et c'est de l'amour ; l'amour peut-il donc rendre si heureux ? Son cœur battit plus vivement, et se réveilla au doux pressentiment d'une émotion dont il eut alors la première idée.

CHAPITRE XI.

On écrivit pour faire venir un maître de danse, et on fit un choix entre les jeunes gens de la petite ville pour prendre ensemble les leçons. M. Belman fit un long discours à Henriette sur la moralité, la décence, qui devaient accompagner la danse ; il parla beaucoup du développement des graces, de la dignité du maintien, et de la douceur des mouvemens. Elle apprit qu'il y avait différens genres de danse, la danse de la nature, ou l'expression naturelle de la joie, la danse de l'art, ou celle des bals, et la danse de caractère ou celle du théâtre ; je voudrais savoir, dit-il en finissant sa dissertation, si le trésorier a eu soin de demander un maître à danser qui ait raisonné son art, et qui en connaisse les principes.

Belman fit le tour de toutes les familles dont les enfans formaient la petite société de danse, et chercha à développer son système qu'on écouta sans trop le comprendre ; il en parla chez le trésorier, mais avec plus de ménagement, et comme pour le préparer à se laisser endoctriner. Le bon capitaine fit un léger signe de l'œil à son frère pour le prier de ne pas se laisser aller à la contradiction. Ferdinand écouta d'abord avec attention ; il fournit même à Mr. Belman de nouvelles idées sur la classification de la danse et finit par dire, et le *salto mortale* ou saut de la mort qui est notre dernière danse, cher pasteur, ne devez-vous pas le faire entrer aussi dans votre nomenclature ? s'il est un pas où nous devions mettre de la grace, c'est dans celui qui nous conduit de la vie au tombeau.

Ce jeu de mot fit voir à Belman que
Ferdinand était toujours le même ; il
se tut avec l'espérance de trouver dans
le maître de danse un disciple plus
docile.

Ce maître était attendu avec impa-
tience par tous les jeunes gens. Henriette et Adolphe, les seuls qui sussent
le secret de ces leçons de danse, en
faisaient d'avance des sauts de joie.
Enfin il arriva ; c'était un grand homme roide comme un bâton, ayant toujours les jambes en avant, et le pied
à la troisième position ; il avait débuté
par être coiffeur, et ensuite hussard ;
actuellement il gagnait assez péni̇ble-
ment sa vie en donnant quelques leçons de danse aux enfans des petits
bourgeois d'une ville voisine. A son
arrivée toute la société était rassemblée
chez les Rosenbach. Ferdinand n'eut
pas causé deux minutes avec lui qu'il

quitta la salle avec humeur ; cet homme est un fou, mon frere, dit - il en
sortant au capitaine, regarde ses pieds
qui forment un angle de cent soixante
degrés. Je passe à chaque homme les
nuances qui caractérisent son état ; un
maître à danser doit avoir les pieds
en dehors ; un ministre peut mettre
dans ses discours une expression plus
pathétique que toi et moi ; un officier
peut prendre un ton plus décidé qu'un
homme de robe. Mais, mon frere, un
maître à danser qui se replie comme
une anguille, et qui tord ses pieds à les
estropier, ne peut être qu'un homme
fort ridicule. Un ministre qui parle dans
le monde comme dans la chaire est un
hypocrite ; et un officier, tu as mar-
ché, je le sais, plus d'une fois au-devant
d'une batterie avec l'intrépidité d'un
héros et d'un chrétien, mais jamais
je ne t'ai entendu faire parade de ton
courage.

Pendant cette conversation Mr. Belman causait avec le maître à danser, et
l'examinait sur les principes de son art;
le maître qui ne comprenait rien à son
systême et à ses distinctions scientifiques, répondait par de profondes ré-
vérences, et par des témoignages d'admiration sur les connaissances du ministre, le priant de l'honorer de ses
conseils, et parvint à gagner sa bienveillance en répétant quelques termes
technique qu'il avait retenu de ses discours.

La leçon commença le même jour:
le maître de danse qui logeait chez
les Rosenbach, raconta qu'il avait été
hussard, et le capitaine eut l'idée de faire
apprendre à Wilhelm à monter à cheval.
Les leçons de manège commencèrent
dès le lendemain, et Wilhelm montra autant de goût et de talens pour cet exer-
cice qu'il en avait peu pour la danse.

Henriette

Henriette et Adolphe étaient les seuls qui y fissent quelque progrès ; Henriette parce que son pere la faisait répéter assidument à la maison, et qu'elle trouvait que c'était un moyen de développer ses graces ; et Adolphe parce que c'était une occasion de voir Henriette. Cependant les choses n'allaient pas tout-à-fait comme il l'avait espéré ; le ministre lui-même ou sa femme assistaient toujours aux leçons et aux répétitions, et Henriette était observée de si près qu'Adolphe ne pouvait lui parler que des yeux et par quelques serremens de main, lorsqu'ils dansaient ensemble. La jeune fille goûtait assez ce langage, elle y aurait répondu volontiers si son pere ne lui avait pas souvent répété qu'une demoiselle bien élevée ne devait se permettre aucune familiarité avec les jeunes hommes.

Les encouragemens qu'Adolphe recevait

Tome I.   L

vait d'Henriette étaient donc peu mar-
qués ; cependant il s'apperçut qu'il ne
lui était pas indifférent : l'attention
qu'elle lui témoignait, l'inquiétude qu'elle
laissait paraître lorsqu'il dansait trop
souvent avec une autre, tout cela lui
parut d'heureux présages. Henriette
sentait à merveille qu'elle ne devait pas
laisser voir à son père ce qui se passait
dans son cœur ; elle observait avec soin
tous ses mouvemens, soit avec son
pere, soit avec son jeune adorateur,
et se conduisait avec beaucoup trop de
finesse pour son âge. Aucun de ceux
qui assistaient aux leçons de danse,
ne s'apperçut, au milieu du joyeux tu-
multe de cette jeunesse, de ce qui se
passait dans le cœur d'Adolphe et d'Henriette.

La vanité précoce de cette jeune fille
avait été mise en mouvement d'une maniere trop agréable pour ne lui pas don-

ner le goût de nouveaux triomphés. Elle
fit connaissance dans les leçons avec
Wilhelm qu'elle avait eu très-rarement
occasion de voir jusqu'alors ; souvent
elle avait entendu dire à son pere que
l'on pourrait faire quelque chose de ce
jeune homme, si son éducation n'était
pas si mal dirigée ; Adolphe lui en avait
parlé avec enthousiasme, et le trésorier qui blâmait tout, avait dit un jour
devant elle, „ il a l'innocence d'un enfant, le courage d'un homme, la noble
fierté d'un roi, la tête d'un sage, et le
cœur d'un ange ; et cet être parfait
était le seul de toute la petite société qui
ne s'empressât point auprès d'Henriette,
et qui n'eût pas l'air de remarquer sa
supériorité sur toutes ses compagnes.

Un instinct naturel de coquetterie,
dont la source était dans sa tête plutôt
que dans son cœur, lui inspira la conduite qu'elle devait tenir pour conqué-

sur les hommages qu'on lui refusait ; ce qu'elle éprouvait ne ressemblait point du tout à l'image effrayante que son pere lui avait présentée de l'amour, et elle ne reconnaissait pas non plus dans les petits projets de sa vanité enfantine, le portrait odieux qu'on lui avait tracé d'une coquette ; au milieu de tous ces jeunes gens empressés à lui plaire elle n'éprouvait que des sensations agréables. Ainsi que tant d'autres peres qui se reposant en toute confiance sur l'innocence de leurs enfans, ne remarquent point les premiers mouvemens qui agitent leur jeune cœur, le ministre Belman était dans une parfaite sécurité. La mere n'était pas tout-à-fait aussi tranquille, elle se rappellait sans doute sa jeunesse; notre Henriette n'est qu'un enfant, lui disait son mari, à cet âge le cœur est trop innocent pour que l'on doive craindre les sensations dont tu parles. Mad.

Belman se tut ; pouvait-elle révoquer en doute l'innocence de sa fille , et alléguer à son mari sa propre expérience ? il ne songeait pas qu'un cœur innocent et pur peut se réveiller d'aussi bonne heure qu'un autre, et que les premières émotions de l'amour, sans altérer sa pureté , lui donnent par instinct le désir de cacher à tous les yeux ce qu'il éprouve.

Les regards d'Henriette lorsqu'ils rencontraient ceux de Wilhelm exprimaient l'obligeance et l'intérêt ; elle redoublait d'attention lorsqu'elle dansait avec lui ; mille petits soins innocens étaient employés pour lui plaire; et elle y parvint. Wilhelm ne fut cependant pas plus empressé qu'auparavant; mais ses regards étaient plus expressifs, et le son de sa voix plus respectueux ; lorsqu'il lui parlait, il la traitait comme si elle eut été une grande demoiselle

L 3

de vingt ans, et cette maniere la flat_
tait davantage que les tendres égards
d'Adolphe, et ses soins plus empressés.

La petite personne se conduisit avec
beaucoup d'adresse dans cette nouvelle position ; avec Adolphe elle était
amicale, et attentive avec Wilhelm ;
caressante pour le premier, elle témoignait des égards au second ; elle don_
nait en souriant des ordres à Adolphe,
ou lui demandait de légers services ;
elle étudiait ce que Wilhelm désirait,
et le faisait aussi-tôt. Tout cela n'était
qu'un jeu d'enfans, mais il produisit le
même effet sur les jeunes gens qu'il aurait pu produire dans un âge plus avan_
cé ; l'ame de Wilhelm s'enflamma d'une
passion qui prit dès les commencemens
une forme romanesque, il la renferma
dans son sein comme dans un sanctuaire
par égard pour son ami.

Adolphe avait alors dix_neuf ans ; il

était beau, d'une taille élancée ; depuis longtems il avait confié à son ami le sentiment que lui avait inspiré la jeune et jolie Henriette alors âgée de quinze ans ; il se plaignait de ce qu'il ne pouvait pas lui offrir sa main, et de ce que sa grande jeunesse ne lui permettait pas même de lui faire l'aveu de son amour. Wilhelm se taisait ou conseillait à son ami de chercher à s'avancer par son travail, en lui promettant même pour cela le secours de ses parens adoptifs. Adolphe avait un talent distingué pour la musique, mais cette ressource ne lui parut pas un moyen assez sûr de faire fortune ; il forma le projet de devenir homme de lettres.

Wilhelm confia au trésorier le projet de son ami, mais non pas le but qu'il se proposait. Ferdinand secoua la tête ; Adolphe, dit-il, a de la facilité et des connaissances, mais il lui en manque

une essentielle pour devenir homme de
lettres, c'est de savoir le latin.

Il peut l'apprendre, dit Wilhelm,
dans trois mois il le saura, et alors mon
cher pere..... Ferdinand sourit : dans
trois mois, dis-tu ? Eh bien! alors je
promets de le seconder. — Savez-vous
le latin, mon cher pere?

Peu, mais assez pour savoir que tu
aurais pu dire trois ans, au lieu de trois
mois ; mais c'est fort bien, étudiez ensemble cette belle langue, aussi bien
vous perdez beaucoup trop de tems à
courir.

Les deux amis commencerent cette
étude difficile, avec le zèle que peuvent
inspirer l'ambition, l'enthousiasme, et
une passion exaltée ; ils s'y prirent d'une
maniere différente de celle qui est en
usage, ils se mirent à lire un auteur à
l'aide d'une traduction, et ils compo-
saient leur grammaire chemin faisant.

Ferdinand leur aidait, et fut étonné lui-même de leurs progrès ; la leçon de danse, et les heures de musique au clavecin d'Henriette étaient les seules recréations que se permettait Adolphe; il voyait Henriette plus rarement, mais elle était le prix de ses travaux et de son application. Le tems approchait où il devait se séparer d'elle pour continuer ses études dans la ville voisine ; comme il croyait déja avoir acquis des droits sur Henriette, lorsqu'il avait par hazard l'occasion de la voir seule un instant, il devenait moins timide, il lui faisait entendre que c'était uniquement pour l'amour d'elle qu'il consacrait depuis quelques mois sa vie au travail et à la solitude.

Henriette ne comprenait pas le projet du jeune homme ; elle supposait seulement que c'était pour s'en faire un mérite à ses yeux qu'il avait fait de si

grands progrès dans l'étude des langues
anciennes. Mr. Belman en était lui-
même étonné , et quoique sa fille n'at-
tachât pas beaucoup de prix au latin
et au grec , elle était flattée qu'Adolphe
apprit pour elle quelque chose que l'on
disait être aussi difficile ; et lorsqu'il
était près d'elle il était si tendre, si
respectueux , il savait saisir avec tant
d'adresse l'occasion de la voir seule
quelques minutes , il lui disait alors
avec tant de feu et d'expression combien il se trouvait heureux de faire de
la musique avec elle, qu'elle partageait
ce bonheur. Elle voyait , elle sentait
qu'elle était aimée passionnément, et que
cet aimable jeune homme ferait bien
plus pour elle que d'apprendre le latin,
s'il en avait l'occasion. Pour le récom-
penser du plaisir que ce sentiment lui
faisait éprouver , elle lui rendait le plus
innocemment du monde ses tendres

regards, et les accompagnait d'un sourire; dès que son pere sortait de la
chambre, elle interrompait sa sonate,
promenait machinalement ses doigts
sur les touches, relevait sa jolie tête,
fixait ses yeux sur ceux d'Adolphe, et
les baissait ensuite avec une aimable
confusion; il se persuada qu'elle l'aimait
aussi, et il résolut de lui ouvrir son
cœur.

Dans la premiere conversation qu'il
eut avec elle, il insinua son projet de
s'élever jusqu'à elle par son travail; il
chercha à préparer la plus douce des
heures qui soyent accordées à l'homme
dans tout le cours de sa vie, celle où
l'on fait et où l'on reçoit l'aveu d'un
amour mutuel.

Un jour il la trouva seule, sa mere
était allée faire une visite chez Mad.
Rosenbach, et Henriette avait su mé-
nager à son pere plusieurs occupations

qui devaient le tenir éloigné à l'heure
où Adolphe venait l'accompagner au
clavecin.

Mon pere ne nous entendra pas aujourd'hui, Mr. Adolphe, dit la petite
en rougissant, quand même nous joue-
rions sa sonate favorite ; il a beaucoup
de choses à faire, ainsi nous jouerons....
ce que vous voudrez ; et elle tournait
d'un air embarrassé les feuilles des par-
titions qui étaient sur le pupitre.

Adolphe comprit que le moment était
favorable ; il posa son violon sur le
clavecin. Le cœur des deux jeunes gens
battait avec violence. Henriette voulut
dire un mot, sa voix tremblait, elle ne
put rien articuler. Adolphe gardoit aussi
le silence à force d'émotion. Enfin au
bout de quelques minutes, il prit la main
d'Henriette qui restait immobile sur
les touches et la serra dans les siennes.

La petite n'osait pas lever les yeux,

ses joues étaient brûlantes ; elle sentait qu'elle s'était rendue coupable d'une tromperie envers son pere, qu'elle avait mis Adolphe de moitié de cette tromperie, et qu'il pouvait en prendre avantage ; cependant elle ne pouvait se résoudre à retirer sa main.

Chere Henriette, dit-il, en pressant cette main sur son cœur, de longtems nous n'aurons une heure aussi favorable que celle-ci.

Nous n'aurons, pensa-t-elle, et elle fit un effort pour retirer sa main avec air un peu mécontent.

Dieu ! dit Adolphe en la serrant plus fort, que je serais heureux si vous...... mais, Henriette, au nom du ciel comment dois-je interprêter l'expression que je vois sur votre physionomie.

Henriette pour cacher ce qu'elle éprouvait, et pour essayer son empire voulut alors lever les yeux et fixer

Adolphe avec fierté, mais elle rencontra un regard si doux et si tendre qu'il lui fut impossible de mettre de l'indifférence dans le sien, et qu'il prit malgré elle la même impression de tendresse. Il pressa sa main qu'il tenait encore sur son cœur ; elle en sentit les battemens précipités, et ne put s'empêcher de serrer aussi un peu la main d'Adolphe.

Chère Henriette, dit-il avec l'accent de la passion, en s'avançant un peu plus. Elle se recula sur sa chaise pour s'éloigner..... Il s'approcha encore plus en répétant avec feu, Henriette, chère Henriette, et voulant passer un bras autour de sa taille ; jouons, dit-elle vivement en le repoussant, et s'approchant du clavecin elle ouvrit le livre de sonate au hasard, d'une main, et tendit de l'autre le violon à Adolphe. À peine l'avait-il pris que Mr. Belman en-

tra et put s'appercevoir facilement que
le jeune homme avait été très-près de
sa fille, et que la musique n'avait pas
encore commencé. Henriette joua sa
sonate avec précision quoique plus vivement qu'à l'ordinaire ; pour Adolphe
il n'y était plus du tout et ne fut pas
un instant d'accord avec elle. Le pere
fronçait le sourcil, jetait sur tous deux
des regards inquiets, et termina tout
d'un coup la musique en posant sans rien
dire sa main sur le violon d'Adolphe,
qui sortit confus et sans oser lever les
yeux. Mr. Belman vit bien qu'il s'était
passé quelque chose entre sa fille et ce
jeune homme, et dès qu'Adolphe fut
parti il alla dans son cabinet pour réfléchir sur la maniere dont il devait se
conduire avec Henriette. Cent fois en
parlant d'éducation au trésorier il lui
avait dit : „ Si vous laissez à une fem-
„ me ou à une jeune fille une demi mi-

„ nute pour réfléchir, vous êtes perdu „,
„ il est sûr qu'elle vous en imposera „,
et cette fois il laissa à Henriette une
grande demi heure qu'elle passa aussi
à réfléchir de son côté.

Il revint auprès d'elle et l'interrogea;
elle avait une réponse prête pour chacune de ses questions. „ Pourquoi ne
jouait-on pas quand je suis entré ?
Pourquoi Adolphe était-il si près de
vous ? Pourquoi son air interdit ?

Rien de plus simple, ils n'avaient
pu s'accorder dans la mesure...... Ils
avaient été obligés de compter le nombre des mesures..... C'est pour cela
qu'il s'était baissé de son côté, et c'est
lui qui avait eu tort ; de là cet air
interdit ou plutôt de mauvaise humeur.

Il secoua la tête et se tut ; Henriette
crut pouvoir se rassurer, mais son père
pour qui la chose n'était pas assez

claire, s'informa comment il était
arrivé que tant de gens eussent pris
précisément cette heure là pour le
demander. Il découvrit enfin que c'était
sur l'assignation qui leur avait été don-
née par Mlle. Henriette. Le ministre
avait dit mille fois à sa femme, l'essentiel est d'accoutumer les enfans à
être vrais, et plutôt que de donner à
Henriette la fantaisie de te dire un men-
songe j'aime mieux que tu fermes les
yeux sur des fautes légères, et que tu
fasses comme si tu les ignorais. Dans
cette occasion il agit lui-même directement contre cette sage règle. Henriette
fut sévèrement questionnée, mais non
pas convaincue. „J'ai donné, dit-elle,
cette heure à tous ces gens là, parce
que je voulais être seule avec Adolphe;
voila à présent que tout est gaté puisque vous me forcez à vous le dire; je
voulais apprendre un nouveau concerto
pour le jour de votre fête.

Elle montra le concerto à son père, et lui dit que l'embarras où il les avait vus était une suite de la précipitation avec laquelle ils avaient voulu prendre une autre musique au moment où il les avait surpris. Belman ne parut point persuadé, il ne cacha pas ses soupçons à sa fille, et lui laissa voir son intention d'interroger Adolphe. L'anxiété de la petite fut extrême; elle fut sur le point de tout avouer; mais c'était se condamner à ne plus revoir son amoureux; elle n'en eut pas la force. Dans ce moment entra le maître de danse, il venait faire une visite à Mr. Belman et recevoir ses leçons en buvant une bouteille de cidre. Henriette prit son parti, elle passa dans sa chambre, écrivit un petit billet à Adolphe pour l'instruire de ce qu'il devait dire, épia l'instant où le maître à danser sortait, lui glissa son billet dans la main, en lui disant bien bas, *à Mr. Adolphe*, et elle fut plus tranquille.

Le maître à danser ouvrit le billet qui n'était point cacheté, et après l'avoir lu il réfléchit un moment sur l'avantage qu'il pouvait y avoir pour lui à donner ce billet au ministre plutôt qu'à Adolphe, mais alors tout était fini, et avec les jeunes gens l'intrigue se prolongerait; c'était son goût et son profit; il chercha donc le jeune homme. — Vous auriez pu faire bien de la peine à quelqu'un, lui dit-il en l'abordant.

— Moi! Comment?

— Oui, vous-même.... On s'amuse à faire la cour à Mlle. Henriette Belman au lieu de faire de la musique..... la jeune personne trouve le moyen d'éloigner le papa et la maman...... mais on est surpris par le papa. C'est fort joli en vérité.

— Mais quel galimathias me faites-
vous là.

— Ne vous fachez pas, jeune homme,
j'en faisais autant à votre âge, c'est
tout naturel cela ; Mlle. Henriette est
jolie comme un ange...... et voilà un
billet qui vous apprendra ce qu'il faut
dire au papa.

Adolphe prit le billet et le lut ; il
n'y avait pas moyen de nier ; il avoua
donc tout à cet homme en lui témoi-
gnant le regret le plus vif de ce qui
s'était passé. Le misérable se moqua
des remords et des scrupules de l'innocent jeune homme, et lui fit entendre que s'il voulait se fier à lui il aurait
lieu d'être content de son zèle et que
tout s'arrangerait bientôt entre lui et
la belle Henriette. Adolphe hésita quelques instants et fut sur le point de céder aux insinuations de ce vil séduc-
teur, mais la solitude et la réflexion

le ramenèrent bientôt à de meilleurs
séntimens ; il eut horreur de ce qu'on lui
avait fait entrevoir et de l'abîme au bord
duquel il avait été conduit ; il prit à
l'instant même une résolution digne
de son noble caractère ; il alla chercher
son ami Wilhelm et lui conta tout : à
présent Wilhelm, lui dit-il, agis pour
moi, sois mon ange tutélaire.

Les deux jeunes amis avaient lu
ensemble quelque tems auparavant
le démon de Socrate ; ils avaient été
enchantés tous les deux de l'idée de
ce génie protecteur ; je serai le tien,
avait dit Wilhelm, sois aussi le mien.

Ils étaient convenus que chacun
d'eux agirait librement et indépendamment l'un de l'autre, mais ajouta Wilhelm, lorsque je serai incertain si ce
que je me propose de faire est bien ou
mal je te dirai ; Adolphe, agis pour
moi, sois mon bon génie. Ils se pro-

mirent solennellement que dans les circonstances difficiles, et douteuses, chacun d'eux s'en remettrait absolument à son ami, et le laisserait agir pour lui, ou agirait d'après ses directions. Cette occasion se présentait dans ce moment pour la première fois; ils traitèrent la chose avec toute la solemnité possible. Wilhelm prit le billet d'Henriette; laisse-moi agir pour toi, dit-il à Adolphe, je suis ton bon génie.

Adolphe fit un mouvement pour reprendre le billet, mais il retira la main, et dit à voix basse, fais comme tu voudras, mais je te prie, ménage Henriette.

— Sûrement répondit Wilhelm, je vais réfléchir à ce qu'il convient de faire. Les deux amis se quittèrent meilleurs, plus généreux, et plus vertueux, mais plus fiers aussi de leur vertu.

Adolphe rencontra le maître à dan

ser, il se détourna pour l'éviter avec un sentiment de honte d'avoir eu un instant la coupable pensée de le prendre pour son confident.

Fin du premier Tome.

www.ingramcontent.com/pod-product-compliance
Lightning Source LLC
Chambersburg PA
CBHW070449030726
47503CB00004B/959